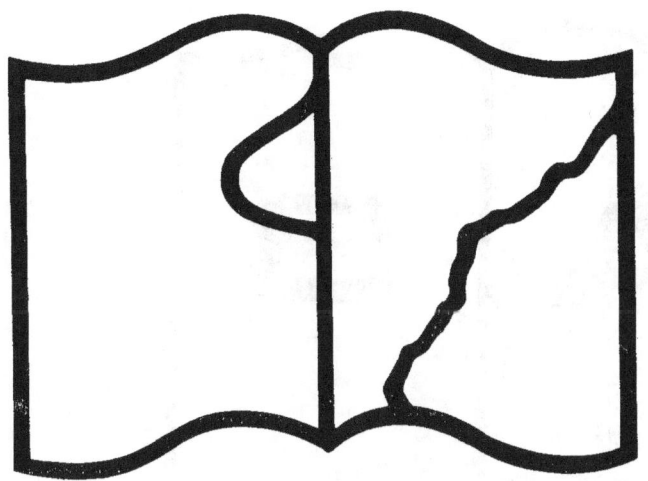

Texte détérioré — reliure défectueuse

NF Z 43-120-11

Contraste insuffisant

NF Z 43-120-14

| PRIX 50 CENTIMES | BIBLIOTHÈQUE POPULAIRE DU THÉÂTRE MODERNE | PRIX 50 CENTIMES |

A LA BARQUE, A LA BARQUE !

REVUE DE L'ANNÉE 1868, EN TROIS ACTES, ET DIX TABLEAUX

PAR

MM. A. DE JALLAIS ET A. FLAN

MUSIQUE NOUVELLE

DE M. AUGUSTE L'ÉVEILLÉ

Décors de M. CAPELLI, costumes dessinés par M. CORNILLET, exécutés par MM. MAHIEUX et APPELLE

Représentée pour la première fois, à Paris, sur le théâtre des FOLIES-MARIGNY, le 8 décembre 1868.

DIRECTION DE M. MONTAUBRY

DÉPÔT LÉGAL
Seine & Oise
N° 70
1869

PARIS

E. DENTU, ÉDITEUR

LIBRAIRE DE LA SOCIÉTÉ DES GENS DE LETTRES

Palais-Royal 17, et 19, Galerie d'Orléans

—

1869

Yth.
6

R 133 376

Librairie de E. DENTU, Éditeur, Palais-Royal,
GALERIE D'ORLÉANS, 17 ET 19

PRIX
50 CENTIMES

BIBLIOTHÈQUE POPULAIRE
DU THÉÂTRE MODERNE

PRIX
50 CENTIMES

A LA BARQUE, A LA BARQUE!

REVUE DE L'ANNÉE 1868, EN TROIS ACTES, ET DIX TABLEAUX

PAR

MM. A. DE JALLAIS ET A. FLAN

MUSIQUE NOUVELLE

DE M. AUGUSTE L'ÉVEILLÉ

Décors de M. CAPELLI, costumes dessinés par M. CORNILLET, exécutés par MM. MARIEUX et APPELLE

Représentée pour la première fois, à Paris, sur le théâtre des FOLIES-MARIGNY, le 8 décembre 1868.

DIRECTION DE M. MONTAUBRY

DISTRIBUTION DU PROLOGUE

LE PÈRE PIERRE	MM. MONTROUGE.	LA MOULE.	Mmes MARIE ANDRÉ.
ROMARIN	AUGUSTIN.	PREMIÈRE BONNE.	
LE HOMARD	GATINAIS.	LA CREVETTE.	LECLERC.
PREMIER MAÇON	LÉON NOËL.	DEUXIÈME BONNE.	
DEUXIÈME MAÇON	VASSEUR.	LA SARDINE.	LÉA.
LA LANGOUSTE	Mmes LYDIE.	TROISIÈME BONNE.	
OSTENDE	MARIE-JOLLY.	LA COQUE.	FRÉDÉRIQUE.
CORALIE	BADE.	QUATRIÈME BONNE.	

PROLOGUE

Premier Tableau

POISSONS A VENDRE

Intérieur d'un aquarium. Vitrines transparentes au milieu des rochers, dans lesquelles se meuvent des poissons. Passage à droite et à gauche. Bancs rustiques.

SCÈNE PREMIÈRE

ROMARIN, seul, une affiche à la main et lisant.

« Aquarium du boulevard Montmartre, maison Frascati... Vente, par cessation de commerce, de poissons, crustacés et cétacés de toutes sortes : on adjugera en même temps les plantes les moins aquatiques et les rochers les moins rocailleux. Le tout en carton-pierre et expressément au comptant. (Accrochant son affiche.) Content, c'est tout au plus si je le suis; mais enfin il faut faire contre fortune bon cœur... Le public ne mord plus à l'hameçon, et mes poissons ne font plus leurs frais.

AIR : Adieu, je vous fuis bois charmant.

La pieuvre, hélas! n'a plus d'attraits
Et n'attir' plus le pieuvre monde;
C'est à peine si les gourmets
Viennent la voir sortir de l'onde.
Bref, ce charmant aquarium
Me coûte un entretien énorme,
Et, de peur de boire un bouillon,
C'est en bouillon que je l'transforme.

Oui, ce bocal (Se reprenant.), je veux dire ce local une fois démoli, j'y installe un Duval... Ne pouvant plus contenter les yeux, je satisfèrai les estomacs. (Le homard passe dans le rocher et entre au n° 2.)

SCÈNE II

ROMARIN, LE HOMARD ; il porte une mandoline en sautoir.

LE HOMARD.

Qu'ouïs-je ?

ROMARIN.

Mon homard ?

LE HOMARD, lui secouant le bras.

Transformer en restaurant ce rocher sous-marin.

ROMARIN.

Pas si fort donc ! Il vous a une patte cet animal-là !

LE HOMARD.

Faire de ce séjour aussi humide que malsain un réfectoire, une crèmerie, une gargotte!... Ah ! une gargotte, ah !

ROMARIN.

De pareilles expressions, un homard ! fi !... tu devrais pâlir.

LE HOMARD.

Abandonner l'art pour la cuisine!... la pisciculture pour la friticulture et la boustifaille.

ROMARIN.

C'est si facile... Mon eau de mer se change naturellement en pot au feu, mon varech sert de cresson aux poulets rôtis, et les poissons que je ne vends pas, je les assaisonne.

LE HOMARD.

Les assaisonner, arrête!

ROMARIN, se frottant les mains.

Et toi-même à la sauce rémoulade...

LE HOMARD.

Plus un mot.

ROMARIN.

La sauce fait manger le poisson...

LE HOMARD.

Oh! dis moi que c'est un poisson d'avril ; que nous ne serons ni frits, ni cuits... Nous étions heureux ici comme le poisson dans l'eau et tu le voudrais,..

ROMARIN.

Il le faut!... Ou vendus, ou mangés...

LE HOMARD.

Eh bien! écoute. (Il remonte.) Une dernière grâce, j'aime...

ROMARIN.

Tu aimes?... Il aime!...

LE HOMARD.

Et je voudrais être aimé...

ROMARIN.

Dam! il y a des gens qui aiment le homard... moi, je le trouve indigeste...

LE HOMARD.

Permets que je donne un rendez-vous à la langouste de mes pensées, que je la voie, que je lui parle... Et ensuite...

ROMARIN.

Ensuite, que ferais-tu?

LE HOMARD.

Ce qu'un homard frait... Je me précipiterais dans un court-bouillon, les yeux fixés sur elle et répétant : Je t'aime!

ROMARIN.

Soit!

LE HOMARD.

Merci ! (Il embrasse Romarin.)

ROMARIN.

Ah! comme il serre avec ses serres... ce n'est pas nécessaire.

LE HOMARD.

C'est que je l'aime ma langouste, et je voudrais l'attirer par un chant *langoustereux*... Mais sitôt qu'elle apparaîtra... (Il lui indique de filer avec sa main.)

ROMARIN.

Compris, je vous laisserai seuls.

LE HOMARD.

Je te chanterais bien cette admirable sérénade... mais je suis si enrhumé... N'importe, accours, accours...

ROMARIN.

A court-bouillon. (La langouste paraît.)

LE HOMARD.

Ah! c'est elle.

ROMARIN.

Détruire un aquarium où l'on étudie des mœurs si intéressantes... O malheur!

LE HOMARD.

Eh bien ?

ROMARIN.

Je m'évanouis... (Il sort par la gauche.)

LE HOMARD.

La voici, je nage dans la joie... (Il fait le geste de tirer une brassée.) Bon ! une crampe!

SCÈNE III

LE HOMARD, LA LANGOUSTE.

LA LANGOUSTE, entrant par la droite et descendant la scène; elle regarde le homard qui lui tourne le dos.

C'est lui !

LE HOMARD.

Aimable compatriote...

LA LANGOUSTE

Vous êtes né dans la Manche?

LE HOMARD.

J'y naquis... Mais bien que nous soyons nés tous les deux dans le sein d'Amphytrite, nous sommes étrangers l'un à l'autre; nous pouvons donc deviser d'amour... sans nous compromettre.

LA LANGOUSTE.

On pourrait nous entendre...

LE HOMARD.

Vous savez bien que le public n'entre pas ici.

LA LANGOUSTE.

Il n'y est encore venu que trop, on n'était jamais chez soi... Ah ! c'est quelquefois bien embarrassant d'habiter une maison de verre.

LE HOMARD.

Le fait est que... pas même un cabinet de toilette... Mais enfin, nous sommes expropriés... pour cause d'inutilité publique.

LA LANGOUSTE.

Je le sais.

LE HOMARD.

N'attendons pas qu'on dispose de nous, fuyons ensemble.

LA LANGOUSTE.

Fuir?... Me prenez-vous pour un réservoir ?...

LE HOMARD.

Je ne vous ai donc pas dit que je vous aimais!

LA LANGOUSTE.

Pas le moins du monde...

LE HOMARD.

Eh bien, oui, je vous aime!

Air : *Voltigez hirondelles.*

Montre-toi moins rebelle
Pour ton homard chéri,
Ne remets pas, ma belle,
Quand le lundi j't'appelle
Au mar-di !
Au mar-di !
Au mar-di !

(Très-vite.)

Ne r'mets pas le pauvre homard au mar-dis ?

LA LANGOUSTE.

Quelle est votre fortune ?... Parlez avec franchise.

LE HOMARD.

Je suis si franc qu'on m'a surnommé Homard-le-franc. Je ne possède pas un radis. (Il l'enlace.)

LA LANGOUSTE.

Oh! alors, pas si près, nos camarades nous observent à travers les vitrines...

LE HOMARD.

Ça se passe en famille...

LE HOMARD. (Il tombe à genoux et reste jusqu'au chant. A part) Elle rit... elle est désarmée. (Haut.) Voulez-vous un petit aquarium meublé, à l'entresol, avec de l'eau dans toutes les pièces? et l'été orné de glaces... de chez Tortoni?

LA LANGOUSTE.

Pour qui me prenez-vous ?

LE HOMARD.

Pour moi!... Plus un aquarium de campagne, à l'instar du jardin d'acclimatation!...

LA LANGOUSTE.

Des propositions aussi... parisiennes ?

LE HOMARD.

Plus un meuble de salon en corail, avec tapis d'algues vertes ?... et, pour voiture, une conque quelconque attelée de chevaux marins... Appelez-moi Alfred et tout cela est à vous !

LA LANGOUSTE.

Horreur!...

LE HOMARD.

Pas horreur... Alfred!

LA LANGOUSTE.

(Le homard accompagne.)

— Air : *Y a des familles qu'a pas d' chance* (Hervé.)
Ah! Messieurs, voyez donc ! oh ! la ! la !
Y a des jeuness's, y en a,
Y en a qu'on offens'... qu'ell's ont eu
Bien d'la vertu!

Ce homard mal él'vé
Cavalièr'ment me traite ;
Il m' prend pour un' crevette
Et s'pose en p'tit crevé...
Être une honnêt' langouste
Et s'entendr' dire ainsi :
Eh! la p'tite, allons, ouste !
Aim' toujours ton chéri.

ENSEMBLE.

Ah! messieurs les gendarm's! oh ! la ! la !   etc.

LE HOMARD.

N'importe! je ne suis pas de ces homards vides qui ne sont ni chair ni poisson... J'ai le cœur plein d'amour, je suis tout en feu, tout flamme... et c'est à vos genoux ! (Il tombe à genoux.)

Les deux maçons ont paru à la fin du couplet et se montrent les deux personnages du doigt; ils se mettent à rire au moment où le homard tombe aux pieds de la langouste.

PREMIER MAÇON.

Ne vous gênez pas, mes enfants.

LA LANGOUSTE.

Quelqu'un !... (Elle se sauve.)

LE HOMARD, la suivant.

Oh! foi de homard, je la repincerai !...

SCÈNE IV

PREMIER MAÇON, DEUXIÈME MAÇON. (Ils ont chacun une pioche.)

PREMIER MAÇON, riant.
Ah! ah! elle est bonne, celle-là!

DEUXIÈME MAÇON.
En voilà deux tourtereaux...

PREMIER MAÇON, le reprenant.
Deux tourteaux...

DEUXIÈME MAÇON, insistant.
Tourtereaux.

PREMIER MAÇON.
Mais non, le homard est de la famille du tourteau et du crabe... Le fameux crabe transatlantique... C'est égal, faut venir à Paris pour voir des homards faire des déclarations.

DEUXIÈME MAÇON.
Et dire que nous allons disperser tout ce monde-là à coups de pioche...

PREMIER MAÇON.
C'est notre état aussi... A la besogne!...

ENSEMBLE.

AIR : *Folichons et Folichonnettes.*

Pan! pan! pan!
Qu'on te voie à l'œuvre,
Gai manœuvre
Va frappant!
Démolir
Nous invite
Ensuite
Au plaisir
De r'bâtir!

SCÈNE V

LES MÊMES, LA MOULE, LA CREVETTE, LA SARDINE, LA COQUE.

ENSEMBLE.

LES MAÇONS.

Pan! pan! pan!
Qu'on te voie à l'œuvre,
Gai manœuvre
Va frappant!
Démolir
Nous invite
Ensuite
Au plaisir
De r'bâtir!

LA MOULE, LA CREVETTE, LA SARDINE, LA COQUE.

Pan! pan! pan!
Cessez donc votre œuvre
De manœuvre
Sur le champ.
Démolir
Nous irrite
Et vite,
Nous fait fuir
Et gémir!

TOUS LES POISSONS.
Grâce!... grâce!...

PREMIER MAÇON.
O la gentille moule!...

LA MOULE.
Pitié pour moi...

LA SARDINE.
Épargnez une pauvre petite sardine... (Elle se jette dans les bras du premier maçon.)

PREMIER MAÇON.
Bon! me voilà avec des sardines sur les bras... çà me donne l'air d'un sergent...

LA MOULE.
De quel droit troublez-vous notre repos?...

LA CREVETTE.
Sur l'ordre de qui?

LA COQUE.
Ah! je le sais bien, moi... Toujours le même monsieur, il est si entrepreneur!

PREMIER MAÇON.
Justement, cette fois ce n'est pas lui... Il a bien assez à aire...

LA MOULE, regardant aux vitrines.
Voilà toute notre colonie en désarroi...

LA SARDINE.
Le hareng sort...

LA COQUE.
La limande en est toute plate...

LA MOULE.
Et la sole se désole... Ah! vous empoisonnez notre existence!...

TOUS.
Qui vient là?...

LA MOULE.
La gentille marchande d'éponges qui se tenait à la porte de notre bazar...

CORALIE.
Juste.

PREMIER MAÇON.
La voilà chassée comme vous et obligée de chercher une autre position.

SCÈNE IV

LES MÊMES, CORALIE.

CORALIE, entrant.
Du tout, c'est fait... Coralie Beauminois, ex-fournisseuse de l'aquarium...

LA MOULE.
Comment! vous avez renoncé déjà à votre clientèle?...

CORALIE.
Bien malgré moi. C'est tout une histoire...

AIR : *En revenant de la Bastille* (Lecoq).

I.

J'étais jadis marchand' d'éponges
Ça n'est pas des mensonges,
On m'voyait l'après-midi
D'vant Frascati.
Un jour un cocodès me prit,
Mais à crédit,
Ma plus bell' pièc', je vous assure.
Drôl' d'aventure!...
Puis il me dit : Ma belle enfant
Viens ce soir toucher ton argent;
Je d'meure au d'ssus du gymnase Paz,
Au bec de gaz.

Deuxième chapitre.

II.

Le soir venu, je me rends vite
A l'adresse susdite ;
Tout à coup il s'met à pleuvoir,
Dam! fallait voir!
Je cours et je m'trouve tout d'go
D'vant l' Casino.
Afin d'laisser passer l'averse
Qui me transperce,
J'entre dans cet établis'ment.
Peut-on m'en faire un crim', vraiment?
J' plairais encor par ma vertu
S'il n'eut pas plu!

III

On m'avait fait mettre au vestiaire
Mon p'tit éventaire;
Et quand j'voulus décaniller
J'eus beau m' fouiller.
J'avais perdu... quel imbroglio,
Mon numéro ;
C'qui fait qu'on m' garda, quoique j' dise,
Ma marchandise.
Et mon commerce était fichu!
Aussi pour subsister j'ai dû
Accepter toilette et' chignon,
Ah! quel guignon!

REPRISE ENSEMBLE.

LA MOULE.
Et la morale?

CORALIE.
On l'a mise en action.

LA COQUE.

Qu'est-ce qui nous fournira désormais le décor de nos vitrines?

LA MOULE.

Les algues vertes qui flottaient dans nos chambres à coucher?...

LA SARDINE.

Ce corail qui faisait si bien ressortir l'argent de nos écailles.

LA CREVETTE.

Ces blondes éponges qui produisaient un si bon effet dans le paysage sous-marin...

CORALIE.

Bah! un peu plus tôt, un peu plus tard, pour le temps que votre aquarium a encore à exister...

PREMIER MAÇON.

Parbleu! Allons, Limousin, remettons-nous à piocher... La besogne faite, je paie un poisson.

LA MOULE, LA CREVETTE, LA SARDINE.

Un poisson!...

PREMIER MAÇON

Un poisson d'eau-de-vie...

TOUS LES POISSONS.

Arrêtez! de grâce!... arrêtez!...

LES MAÇONS.

C'est pas possible.

CORALIE.

Je cours prévenir Romarin.

LES MAÇONS.

AIR: *De la tentation.*

A la pioche!
C'est tarder assez,
R'tirez-vous, car nous sommes pressés.
Sans reproche
Vous nous agacez;
Laissez-nous tout démolir ici.
Oui!

LES POISSONS.

Messieurs les maçons,
Nous vous prions.

LES MAÇONS.

Non, tout sautera,
Tout tombera,
Tout périra!

LES POISSONS.

D'être bons garçons
Pour les poissons!

LES MAÇONS.

Non, car au total,
Monsieur Duval
Veut son local!

ENSEMBLE

A la pioche
C'est tarder assez.
  prier
R'tirez-vous car nous sommes pressés.
R'tirons-nous   vous êtes
Sans reproche
Vous nous agacez
Laissez-nous tout démolir ici.
Laissons-les
Oui!

LA MOULE, LA CREVETTE, LA SARDINE, LA COQUE, criant.

Au secours! au secours!...

SCÈNE VII

Les Mêmes, ROMARIN.

ROMARIN, accourant.

Qu'y a-t-il? ces cris? est-ce que le feu est à l'eau?

LES POISSONS.

Voyez ces barbares...

ROMARIN.

Mes maçons!...mais vous êtes en avance, mes braves, la démolition est pour minuit, il est midi.

LES POISSONS.

C'est donc vrai.

PREMIER MAÇON.

Faites excuse, bourgeois... (Tirant sa montre.) Voyez ma toquante, il est minuit.

ROMARIN.

Midi...

PREMIER MAÇON.

Minuit... A preuve qu'elle s'est arrêtée hier à cette heure-là et que je ne l'ai pas remontée depuis, donc il est minuit.

ROMARIN, tirant sa montre.

La mienne marque la même heure et il n'est que midi... Suspendez votre travail... et procédons à l'adjudication de nos pensionnaires...

LES POISSONS.

On va nous vendre?

PREMIER MAÇON.

Et nous, allons nous rafraîchir... (A Romarin.) En tous cas, si vous aviez commencé par démolir, vous auriez eu plus de poissons à vendre.

ROMARIN.

Comment ça!

PREMIER MAÇON.

Dam! les vitrines auraient été détruites. (Il rit bêtement.)

ROMARIN.

Veux-tu te sauver! (Les deux maçons sortent d'une côté. Le homard et la langouste entrent de l'autre.)

SCÈNE VIII

LES MÊMES, moins les maçons. LE HOMARD, LA LANGOUSTE, puis LE PÈRE PIERRE.

LE HOMARD, accourant.

Patron, patron?... je suis aimé.

ROMARIN, à la langouste.

Serait-il vrai?

LA LANGOUSTE, baissant les yeux.

Neptune l'a voulu...

LE HOMARD.

Et le père Pierre m'a promis de ne pas nous séparer!

ROMARIN.

Le père Pierre, connais pas...

LE HOMARD.

Un vieux pêcheur de Granville... qui vient pour acheter le bazar...

ROMARIN.

Un maréyeur?...

LE HOMARD.

Oui!.. Il a déjà fait des acquisitions et se dirige de ce côté.

SCÈNE IX

LES MÊMES, plus LE PÈRE PIERRE.

PIERRE, dans le coulisse.

C'est par là qu'est la marchandise? Merci, la petite, j'y vas!

LE HOMARD.

Le voici!

PIERRE, entrant.

Salut... bonjour, la compagnie...

AIR : *du père Lamourette.*

J'suis l' syndic des maréyeurs,
Un franc luron qui s'fait pas d'bile ;
J'suis le syndic des maréyeurs,
Et d'mon côté j'mets les rieurs.
Et gai! gai! gai! Venez à la file
Et bon! bon! que j'vous désopile ;
Et lon la! le rire est facile,
Facile pour les bons cœurs.
  Allez y donc,
  Bon, bon
  D'un gai rigodon.

CHŒUR.

Allons y donc,
Bon! bon!
D'un gai rigodon.

PIERRE.

Enfin, m'y v'là dans c'Paris, moi, le père Pierre, le marèyeur... Puisqu'il n'y a plus moyen de pêcher des huîtres à la mer ? faut bien que je vienne en acquérir... dans les aquariums parisiens.

ROMARIN.

Et pourquoi, sans vous commander, ne pouvez-vous pas en pêcher à la mer ?

PIERRE.

Belle malice, parce que c'est à peine s'il y en a... et tant plus qu'elles diminuent, tant plus qu'elles augmentent.

CORALIE.

Le fait est que le congrès des restaurateurs a encore élevé le prix de la douzaine...

PIERRE.

Pour lors je me suis dit: Père Pierre, faut te rendre à Paris... on s'y occupe de pisciculture et d'huitriculture, il s'agit de régénérer la race des pieds de cheval...

ROMARIN.

Et là-dessus, vous êtes tombé en plein aquarium...

PIERRE.

Où j'ai acheté trois lots de poissons... Il est bien naturel que les poissons s'en aillent par lots. (Il rit.);

LE HOMARD.

Continuez de faire votre choix...

ROMARIN.

C'est l'instant, le vrai moment.

LA MOULE.

Achetez-moi mon bon monsieur...

PIERRE.

Le fait est que vous êtes faite au moule...

LA CREVETTE.

Et moi, la Crevette ?

PIERRE.

Oh! pour une seule, ce n'est guère la peine...

CORALIE.

C'est comme pour la Sardine...

PIERRE.

Dam! on n'en ferait pas un festin de Sardinapale. (Il rit.)

ROMARIN.

Chaud! chaud! ne nous arrêtons pas aux bagatelles de la porte.

CORALIE.

Laissez-moi faire l'article, ça me connaît... Attention, père Pierre...

AIR : *Partant pour fair' le tour du monde* (Lecoq).

Jetez un coup d'œil aux vitrines.

CHŒUR.

Trines
Tout à l'entour.

CORALIE.

Et contemplez de nos piscines...

CHŒUR.

Cines
Le demi-jour.

CORALIE.

A gauche, voyez le turbot;
Avec son jabot
Qu'il est beau !
A droite, voyez le merlan
Qui fait sa raie à l'éperlan ;
L' poisson volant prend son vol
Et puis l'ostende à l'entresol
Sol.
Songe, songe...
Pendant qu'un pâle esturgeon
File, et soudain plonge,
Passage du Saumon,
Bon !

PIERRE.

Eh bien ! la petite mère, j'achète toute la collection.

MOULE, CREVETTE, SARDINE et COQUE.

Excepté nous.

ROMARIN.

Adjugé à monsieur !...

LE HOMARD, à Pierre.

J'ai votre parole...

PIERRE.

Oui, nous déjeunerons ensemble.

LA LANGOUSTE, au Homard.

Méfie toi, Alfred...

PIERRE.

Et maintenant, qu'on me laisse seul avec mon vendeur.

MOULE, CREVETTE, SARDINE et COQUE, à Pierre.

Tâchez de nous faire un sort...

PIERRE.

Je serai une mère pour vous. (Riant.)

TOUS.

Vive le père Pierre!

ENSEMBLE.

AIR : *Sturm galop.*

Allons en attendant
Rêver à notre sort.
Puissions-nous cependant
Arriver à bon port.

SCÈNE X

ROMARIN, LE PÈRE PIERRE, puis OSTENDE.

PIERRE.

Vos locataires sont à croquer, mais ce qui me séduit le plus, c'est l'huître, là-bas, dans le fond du bain.

ROMARIN.

La jeune ostende... je vous crois, on en mangerait.

PIERRE.

Elle rentre d'ailleurs dans mes projets... elle est jeune, bien faite, appétissante... et je veux, grâce à elle...

AIR : *Charlatanisme.*

J' veux repeupler nos parcs déserts,
J' veux remplir nos bourriches vides,
Mollusques, vous serez offerts
Aux gourmets d' votre écaille avides.
A cette huître j' dirai : que met-on
Au bas de tout journal, ma chère,
Pour sauv' garder le feuilleton?
Reproduction interdite. Allons donc !...
Pour toi ce s'ra tout le contraire !

ROMARIN.

Il y aura encore de beaux jours pour la rue Montorgueil.

PIERRE.

Que fait-elle en ce moment?

ROMARIN.

La rue Montorgueil ?

PIERRE.

Mais non, la belle Ostende ?...

ROMARIN.

Elle repose sur un banc...

PIERRE.

Sur un banc d'huîtres, alors...

ROMARIN.

Et semble sommeiller...

PIERRE.

Réveillons la... Sésame, ouvre toi !...

Musique. La glace de la vitrine du fond se lève, on aperçoit dans un aquarium coquet, une grande coquille d'huître couchée sur un lit d'herbes marines.

LE PÈRE PIERRE.

AIR : *de Robert.*

Huître qui fais dodo
Dans ce lit qui scintille...
Do, mi, sol, do !
Ainsi qu'un blanc rideau,
Entr' ouvre ta coquille.
Piano.

(L'écaille s'entr'ouvre doucement, Ostende y est étendue et se réveille.)

OSTENDE, se levant.

Où suis-je ?

ROMARIN.

Est-ce qu'elle va jouer le drame ?

PIERRE.

Elle aura passé par Cabourg, où il y a beaucoup de dramaturges.

OSTENDE, s'extasiant devant Pierre.

Oh! qu'il est beau !

PIERRE.

Elle a du goût.

OSTENDE.

Je le reconnais... c'est lui qui tout à l'heure semblait m'offrir un palais, à travers cette vitrine, pendant que je bâillais au soleil.

PIERRE.

Eh pourquoi que vous bâilliez comme ça ? Vous ne vous amusiez donc pas là-dedans ?

OSTENDE.

Oh ! non, je m'ennuyais beaucoup, je ne faisais que regretter mon ancienne demeure : elle était si jolie.

PIERRE.

Vraiment.

OSTENDE.

Jugez-en !

RONDEAU.

Air : *Oui c'est moi.*

J'habitais des rochers charmants,
Des rochers de nacre azurée,
Où soir et matin, la marée.
Me baignait de ses diamants !
Jamais je n'ai vu, j'imagine,
Mobilier d'un plus fin travail,
Ma couche était de perle fine,
Mes divans étaient de corail !
Pour boire, j'avais sous la main
Les plus ravissants coquillages
Dont les couleurs, brillants mirages,
Formaient un arc-en-ciel divin !...
Mais un jour, changeant de nature,
Je suis femme et prends mon essor.
Le soleil dans ma chevelure
Vient répandre ses gerbes d'or.
Puis levant mes regards aux cieux,
Du firmament fixant la voûte,
Je lui vole, sans qu'il s'en doute,
Un rayon d'azur pour mes yeux !
Ma peau plus blanche que l'écume,
De la conque prend l'incarnat
Et légère comme une plume,
J'arrive en disant me voilà !
Et comme Vénus en émoi.
S'échappa de l'onde azurée,
De cette coquille nacrée,
Je sors criant : « Protégez moi. »

PIERRE.

Vous protéger ? Mais rien que d'y penser l'eau m'en vient à la bouche... c'est un vrai supplice de Cancale.

OSTENDE.

Mais je te connais, je t'avais déjà vu avant qu'on ne me mit en pension dans cet aquarium. (Follement.) Ah ! oui, je m'en souviens, etc.

ROMARIN.

Elle devient folle !

OSTENDE.

Vous avez été aux bains de mer, cette année...

PIERRE.

Oui, c'est vrai.

OSTENDE.

Moi, j'y étais avec ma marraine.

PIERRE.

Marennes... ah ! une huître de Marennes.

OSTENDE.

Mais non, la commère à parrain.

PIERRE.

Ah ! bon.

OSTENDE.

Et je vous ai vu baigner...

Air : *Gastibelza.*

Qu'il était fier, plongeant dans l'onde pure,
Son beau corps nu !...
Le flot baignait ta superbe encolure,
Noble inconnu !
Se pourrait-il qu'à la fin je revisse
Ton œil profond !...

PIERRE.

Cette huître doit avoir une écrevisse
Dans le plafond.

ENSEMBLE.

Oui, dans le plafond !

OSTENDE, se jetant dans ses bras.

Je ne te quitte plus... À toi pour la vie !... Une cloyère et ton cœur !...

ROMARIN.

Diable !... elle va s'attacher à lui comme l'huître au rocher.

PIERRE.

Heureusement que je n'ai pas la douzaine...

ROMARIN.

Et ses compagnes d'aquarium ? vous ne faites rien pour elles ?... La Coque, la Moule, la Crevette, la Sardine ?

PIERRE.

Mais au fait, vous transformez cet aquarium en Bouillon, je vais y faire une position à vos protégées.

ROMARIN et **OSTENDE.**

Comment ça ?

PIERRE.

On a toujours dit que la sardine et la moule étaient bonnes... comme il vous en faut des bonnes, habillez-les et... Tenez elles sont moins bêtes qu'on le pense, les voilà !...

SCÈNE XI

LES MÊMES, LA MOULE en PREMIÈRE BONNE, CREVETTE en DEUXIÈME BONNE, SARDINE en TROISIÈME BONNE, COQUE en QUATRIÈME BONNE, CORALIE, LE HOMARD, LA LANGOUSTE, puis les DEUX MAÇONS.

ENSEMBLE.

Air : *Retour d'Ulysse.*

Devant mon bouillon
        leur
Baisse pavillon,
Marmite bourgeoise,
Sans lui chercher noise;
On lui fait accueil,
Car il a de l'œil,
Chacun y viendra
Et s'y régalera.

PIERRE.

Charmantes, charmantes !...

ROMARIN.

Seulement on aurait dû leur mettre des robes à bouillons.

PIERRE.

En signe de réjouissance... (Aux bonnes.) Et maintenant, mesdemoiselles, je vais me retirer en vous souhaitant les pourboires les plus invraisemblables.

LES BONNES.

Vive le père Pierre !

OSTENDE.

Vous savez que je ne vous lâche pas...

PIERRE.

Encore !... je vais vous dévoiler... mon plan... Avant de me livrer à l'amélioration de la grande famille des huîtres. (Tout le monde salue.) Comme je ne connais rien de ce qui s'est passé à Paris... je vais donc...

OSTENDE.

Belle malice ! vous allez passer la revue comme tous les ans.

PIERRE.

Ah ça, mais elle n'est pas si huître que j'en ai l'air...

OSTENDE.

Dans les huîtres on trouve quelquefois des perles.

PIERRE, l'examinant.

Vous êtes une perle fine.

OSTENDE.

Assez fine pour faire une commère...

PIERRE.

Alors en route... jusqu'à ce que je me retire avec vous à Granville, dans mon parc aux huîtres...

OSTENDE.

C'est ça mon compère.

ROMARIN.

Que nos vœux et l'orchestre vous accompagnent.

PIERRE.

Bonne chance !... Et là-dessus, entonnons un chœur bien nourri...

CHŒUR.

AIR : *Pars pour la Crête.*

Pars pour la r'vue !
Va, pars, et de peur de bévue,
En prose, en vers,
Par tes lazzis
Fronde tous les travers
De Paris

OSTENDE.

C'est ce soir mon premier voyage
Hors de ma coquille, et j'ai peur,
Peur de la foule et du naufrage...
Que ce chœur me donne du cœur...

(Chœur interrompu.)

PIERRE.

Eh ben ! et moi !...
Tous les ans à la même époque
Pour Paris, le compère part,
Que diriez-vous, vous que j'invoque,
Si je partais pour autre part ?

REPRISE DU CHŒUR.

Le père Pierre et Ostende se dirigent d'un côté pour sortir. Le Homard prend Coralie sous son bras; la Langouste sous l'autre. Romarin et les trois bonnes forment un groupe au fond. Les deux maçons rentrent et se remettent à piocher.

ACTE PREMIER

Deuxième Tableau

UNE PLACE PUBLIQUE

DISTRIBUTION DU PREMIER ACTE

PÈRE PIERRE, compère	MM. MONTROUGE.	LA DEMOISELLE	Mmes LYDIE.
LECOQ	AUGUSTIN.	LE PAPILLON	BADE.
VEAUDAZUR	LÉON-NOËL.	LA BÊTE A BON DIEU	MATHILDE.
MANON	MACÉ-MONTROUGE.	MADEMOISELLE DE LA TERRINE	DESCHAMPS.
PREMIER FRÈRE SIAMOIS	GATINAIS.	BÉBELLE	BERTHE.
DEUXIÈME FRÈRE SIAMOIS	MANNBER.	TOTO	GATINAIS.
LE VOYAGEUR DU POLE-NORD	PAUL-LEGRAND.	LA DAME DES PARIS MUTUELS	MÉNALÉA.
OSTENDE, commère	Mmes MARIE JOLLY.	L'ABEILLE	LÉA.
L'EXPOSITION DU HAVRE, travesti en marin	MARIE ANDRÉ.		

SCÈNE PREMIÈRE

PIERRE, OSTENDE, L'EXPOSITION DU HAVRE EN MARIN.

PIERRE.

Ah ça, voulez-vous bien me lâcher, capitaine...

OSTENDE.

Il est pourtant bien gentil.

L'EXPOSITION.

Mille millions de sabords, de bâbords et de tribords, je vous dis que j'ai à vous entretenir...

PIERRE.

M'entretenir... mais pour qui me prenez-vous donc ?

L'EXPOSITION.

Larguez un peu votre langue, rangez un peu votre beaupré, abaissez votre perroquet et redressez votre cacatoës...

PIERRE.

C'est un capitaine péruvien.

L'EXPOSITION.

Prenez un ris...

PIERRE.

Au lait ou au gras ?...

L'EXPOSITION.

Serrez votre voile, et embarquez avec moi...

OSTENDE.

Où nous emmenez-vous?

L'EXPOSITION.

Au Havre.

OSTENDE.

Mais dites-nous donc au moins qui vous êtes?

L'EXPOSITION.

Comment vous ne m'avez pas reconnu à l'exposition que je viens de vous faire... je la suis...

OSTENDE.

Qui ?

L'EXPOSITION.

L'Exposition....

PIERRE.

De 1867?... Vous retardez d'un an...

L'EXPOSITION.

Non , l'Exposition du Havre....

AIR : *Ah! que c'était beau.*

Ah! qu' c'était beau,
Qu' c'était beau !
Quelle Exposition magnifique !
Ah ! qu' c'était beau,
Nom d'un rat, qu' c'était beau
Et surtout c'était bien nouveau.

Sur cette Exposition unique,
Partout on n'entendait qu'un cri :
Ah ! sapristi !
Sapristi !
On en parlera, je m'en pique,
Et le Havre peut en êtr' plus fier,
Encor que d' posséder la mer !
Il avait, montre, habit, plum's, vaisselle,
Schall's, souliers, lamp's, anguill' de m'lun,
Meuble, pendule, harnais et selle....
Mais des objets maritimes pas un !
Mais qu' c'était beau !
Qu' c'était beau !
Quelle Exposition magnifique !
Ah ! qu' c'était beau !
Nom d'un rat, qu' c'était beau
Et surtout c'était bien nouveau.

OSTENDE.

Comment pas un produit maritime...

L'EXPOSITION.

Pas un! c'est pour cela qu'on m'appelait l'Exposition maritime du Havre.

PIERRE.

Ça se voit tous les jours... on donne un nom à des objets, et ils ne contiennent rien de ce qu'ils annoncent !

AIR de *Calpigi.*

A Paris, le lait d' la campagne
Se fait avec du blanc d'Espagne,
Chez tous les bijoutiers l'on vend
Du strass qu'on prend pour du diamant;
Le vin sans raisin s' fait souvent ;
Le chocolat, c'est d' la vieill' farine ;
Le chevreuil du bœuf que l'on marine;
Et plus d'un' jeun' fille, on le sait,
N'est pas toujours ce qu'ell' promet.

L'EXPOSITION.

Tenez, si vous venez au Havre, voilà mon adresse...

OSTENDE.

Mais vous nous en donnez cinq...

PIERRE.

Eh bien, est-ce qu'auprès du Havre il n'y a pas *Cinq* adresses...

L'EXPOSITION.

Vieux farceur, il comprend tout. Allons, je compte sur vous, et lorsque vous m'aurez rendu visite, nous dirons en chœur :

ENSEMBLE.

Ah! qu' c'est donc beau!
Fier'ment beau!
Quelle Exposition magnifique!
Ah! qu' c'était beau,
Nom d'un rat que c'était beau!
Et surtout c'était bien nouveau.

(L'Exposition sort.)

SCÈNE II

PIERRE, OSTENDE, puis LECOQ.

PIERRE.

Il est agréable ce petit matelot, quoiqu'il ait plutôt l'air d'une matelotte.

LECOQ, entrant.

Il est vêtu d'une énorme redingote boutonnée jusqu'au haut. Grand chapeau à larges bords. Il regarde si personne ne le voit, va mystérieusement à Pierre et lui dit tout bas.

Gévrol n'est pas content, parce que May ne veut rien avouer... mais je m'en fiche... J'ai pincé Lacheneur, et je suis sur les traces de la mère Chupin...

PIERRE.

Ah! bien, ça me fait plaisir!...

LECOQ.

Vous connaissez la mère Chupin?

PIERRE.

Non, je ne connais que la mère Michel...

LECOQ.

Ce n'est pas la même... Et May, connaissez-vous May?

PIERRE.

Parbleu!
Joli mois de mai quand reviendras-tu...
M'apporter...

LECOQ.

Ce n'est pas le même... Au revoir, je vais essayer de pincer le duc de Sairmeuse... (Il sort.)

SCÈNE III

PIERRE, OSTENDE, puis LA DAME DES PARIS-MUTUELS.

PIERRE.

C'est ça, allez pincer le duc de Sairmeuse... Qu'est-ce que c'est que cet oiseau-là?

OSTENDE.

Quelque fou qui poursuit une idée...

LA DAME, entrant.

Ah! voilà un sportman. Gentleman, pour quel cheval pariez-vous?

PIERRE.

Pour celui qui gagne le pari.

LA DAME.

Ne plaisantons pas, S. V. P., je représente ici l'agence des poules...

PIERRE, galamment.

Ah! vous allez régénérer les volailles.

LA DAME.

Non! je suis les paris-mutuels!

PIERRE.

C'est une bonne chose, mais je ne comprends pas!

LA DAME.

Vous êtes arriéré, mon bon, car c'est la frénésie du jour, c'est la mode du moment, mademoiselle, c'est la fièvre de l'époque, monsieur, c'est l'amusement. .

PIERRE.

Et la tranquillité des parents...

LA DAME.

Les courses, mais il n'y a que ça de vrai... Le monde n'est qu'une course continuelle... course par ci, course par là... courses à cheval, courses à âne, courses en voitures, courses à pied, courses à l'aviron!... toujours les courses!...

AIR : *Tout ça passe.*

Oui, la course,
C'est la bourse
Qui du joueur
Ranime le cœur.
Oui, la course
Est la source
D'un bonheur
Toujours plein d'ardeur!

Dix hommes font une course
Pour un' femme'! Qui gagnera?
Qui? Mais celui dont la bourse
Le plus vite au but courra.

ENSEMBLE.

Oui, la course
Est la source
D'un bonheur
Toujours plein d'ardeur.
Etc.

OSTENDE.

La course en sac peut me plaire,
Mais elle me donne le trac;
Aussi moi je lui préfère
De beaucoup la course au sac.

ENSEMBLE.

Oui, la course
Est la source
D'un bonheur
Toujours plein d'ardeur.
Etc.

PIERRE.

Ce sont pour vous des ressources
Que ces courses... J'en fais foi!...
L'homm' qui comprend l'mieux les courses,
C'est l' commissionnair' du coin.

ENSEMBLE.

Oui, la course
Est la source
D'un bonheur
Toujours plein d'ardeur.
Etc.

OSTENDE.

Et quel plaisir trouvez-vous à parier pour tel ou tel cheval ?

LA DAME.

Quel plaisir... vous demandez quel plaisir? Il n'y en a aucun!... Mais le chic, mademoiselle; mais le genre, monsieur; mais la célébrité, mademoiselle; mais le désir de briller, monsieur...

OSTENDE.

Et si vous perdez votre pari, qui est-ce qui paie pour vous?

LA DAME, timidement.

J'ai mon Brésilien, ça veut dire : un homme qui a de la braise. Et puis nous en trouvons de bonnes... Ainsi, cette année, nous avons donné aux juments des noms d'artistes célèbres.

PIERRE.

Pour faire supposer que ces dames sont des coureuses!...

LA DAME.

Ça amène des méprises amusantes; ainsi vous lisez dans le journal : Mademoiselle X... s'est cassé la patte... Vous allez le soir aux Variétés, et mademoiselle X... entre en costume très-écourté avec les pattes parfaitement droites... Mademoiselle Z... s'est couronnée... et le soir vous allez à la Gaîté, et mademoiselle Z... apparaît, couronnée, en effet, mais de fleurs... Vous voyez... c'est très-gai, et puis ça me suggère une fameuse idée...

OSTENDE.

Développez-nous la !...

LA DAME.

Puisqu'on a fondé l'agence des poules, moi je vais fonder l'agence des cocottes... On prendra des tickets comme pour les chevaux...

PIERRE.

Et l'on gagnera?...

LA DAME.

Une femme...

PIERRE.

Bigre!... et vous croyez que ça prendra ?...

LA DAME.

Malhonnête...

PIERRE.

Mais si on allait confondre...

AIR : *De sommeiller encore, ma chère.*

On dit en parlant d'une dame,
Sa robe est charmante, et l'on dit :

Qu'une jument comme une femme
A sa robe charmante aussi !
Femme ou jument, on dit : bell' tête !
Plus d'un' femme porte un' queu' d' cheval,
Plus d'une femme a sur la tête
En guise de ch'veux un' queu' d' ch'val !

LA DAME, furieuse.

Vous êtes un palefrenier !... (Très-calme.) Tiens, au fait, j'en ai besoin d'un... venez chez moi demain de dix heures à onze heures, je vous donnerai une carte pour visiter mes écuries... Adieu, ma charmante. Adieu gros tout laid. (Elle sort.)

SCÈNE IV

PIERRE, OSTENDE, puis VEAUDAZUR.

PIERRE, riant.

À la bonne heure ! voilà une femme qui doit s'occuper de son ménage... Quand on lui dit : Qu'est-ce qu'il y a pour dîner ? Elle répond : Six chevaux ! Qu'est-ce que tu as fait aujourd'hui ? J'ai gagné de deux longueurs ?...

OSTENDE.

Tais-toi, tu ne comprends pas le progrès !...

PIERRE.

Si tu veux, ma petite Ostende, nous allons prendre une voiture !

VEAUDAZUR, entrant.

Une voiture !... gardez-vous bien d'en prendre une, surtout si elle a un compteur kilométrique.

OSTENDE.

Que vous est-il donc arrivé ?

VEAUDAZUR.

Je plaide en séparation avec ma femme !

PIERRE.

A cause du compteur ?

VEAUDAZUR.

A cause du compteur.

PIERRE.

Voyons, voyons... Le compteur vous fait nous en conter...

VEAUDAZUR.

Jugez-en... Je prends, il y a huit jours, le n° 7.

PIERRE.

Ça me fait plaisir... ensuite ?

VEAUDAZUR.

Je fais plusieurs courses, parmi lesquelles, hélas ! figurait une visite chez Amanda...

PIERRE.

Où prenez-vous Amanda ?...

VEAUDAZUR.

C'est une prima donna du théâtre de la Villette...

PIERRE.

Ah ! ah ! vous fréquentez les actrices ?

VEAUDAZUR.

Elle est orpheline, et n'ayant plus son père, je lui sers de mère... Donc je rentre bien tranquillement chez ma femme, après cette petite visite chez Amanda : ma moitié, en fouillant dans mes poches, trouve mon numéro de voiture, file tout droit à l'administration, sous prétexte de réclamer mon binocle que j'avais laissé dans le véhicule; elle obtient qu'on lui montre la feuille qui rend compte du compteur... et lit : Deux heures de promenade au bois de Boulogne.

PIERRE.

Avec plaisir ?

VEAUDAZUR.

Non, avec Amanda; nous allions au pas.

PIERRE.

Vous n'étiez donc pas pressés ?

VEAUDAZUR.

Si, mais Amanda déteste les cahots... En outre... le maudit compteur indiquait : stationnement au café, stationnement chez un bijoutier, stationnement chez une modiste, stationnement devant la colonne...

OSTENDE.

De Juillet ?

VEAUDAZUR.

Non, affiche !... Bref, six stationnements avec Amanda.

PIERRE.

Alors, vous plaidez en séparation ?

VEAUDAZUR.

Vous m'en voyez navré... pour la forme seulement, parce que au fond j'en suis ravi... Mais c'est égal, ne prenez jamais de voitures à compteur. Tout le monde s'en plaint.

AIR : V'là mon caractère.

La meilleur' preuve qu'ici bas
On s' pass' de voitures,
C'est qu'monsieur d'Voiture n'eut pas
Lui-mêm' de voiture.

OSTENDE.

Les voitur's causent des frais.
Aussi, chose sûre,
A pied, j'irais quand j' voudrais
Aller en voiture.

PIERRE.

Un' cocott', Dieu quel régal !
A pour nourriture,
En huit jours mangé son ch'val,
Et mêm' sa voiture.

Nous vous remercions de vos bons renseignements.

VEAUDAZUR.

Je cours chez mon avocat pour ma séparation. (Il sort.)

SCÈNE V

PIERRE, OSTENDE, puis LECOQ.

PIERRE.

Ah ! les femmes ! comme ça vous amène des désagréments.

OSTENDE.

On s'en plaint toujours, mais vous ne pouvez vous en passer, c'est un tourment nécessaire.

PIERRE.

Je sais bien qu'au fond !...

LECOQ, entrant aussi mystérieusement qu'à sa première scène. Bas à Pierre.

Toinette la Vertu n'a rien voulu révéler, mais par contre son mari, Polyte Schupin n'a rien dit non plus. M. d'Escorval le substitut, s'est cassé la jambe, et May s'est sauvé par dessus un mur. Je retourne à la poivrière...

PIERRE.

Vous me faites éternuer avec votre poivrière.

LECOQ.

Consentirez-vous à déposer ?

PIERRE.

Monsieur, je ne déposerai jamais quoique ce soit chez qui que ce soit.

LECOQ.

Alors, inutile de vous en dire plus long ! O ! Gévrol, et toi père L'Absinthe, vous serez content. (Il sort.)

PIERRE.

L'absinthe, la poivrière, c'est un pochard.

OSTENDE.

Je ne sais pas ce que j'éprouve mais j'ai froid dans le dos.

PIERRE.

Le fait est que la température paraît s'être sensiblement abaissée.

OSTENDE.

Ah ! vois donc qui vient là-bas.

PIERRE.

C'est un ours ! pourvu qu'il ne soit pas mal léché.

SCÈNE VI

LES MÊMES, moins LECOQ, LE VOYAGEUR DU POLE NORD.

Il entre portant un poêle dans le dos, bottes fourrées, gants fourrés, un bonnet fourré, la figure blanche. Il salue les deux compères, tire un gueux de dessous sa houppelande et se met à grelotter en claquant des dents.

OSTENDE.

Qu'est-ce que c'est que cet original-là ?

PIERRE.

Je vais le lui demander. (Saluant.) Monsieur, madame ou mademoiselle, car je ne sais pas au juste... pourrait-on savoir d'où vous sortez ? (Le voyageur se frappe sur l'épaule.) Ah ! l'épaule... vous venez des Pôles ?... (Le voyageur fait signe que oui en grelottant.) C'est un glaçon en activité. Et de quel glacier sortez-vous ?

OSTENDE.

Ah! je le reconnais, c'est un voyageur de l'expédition du Pôle Nord. (Le voyageur dit oui, montre son nez rouge et sa pâleur; il a eu le nez gelé, la figure gelée et ce blanc qu'il montre sur sa face c'est la neige qui est restée dessus et qui y a gelé.)

PIERRE.

Il dit que c'est la neige qui s'est gelée sur sa figure. (Il la touche, le voyageur veut le mordre.) Décidément il est enragé!

OSTENDE.

Mais en vous débarbouillant bien ?... (Le voyageur fait comprendre qu'il s'est frotté comme on frotte un appartement et que ça n'a rien fait.)

OSTENDE.

Pouvez-vous nous raconter votre histoire? (Le voyageur fait signe que sa langue est gelée. Il a fait tout ce qu'il a pu pour la faire dégeler; il l'a mise dans l'eau chaude.)

OSTENDE.

Il faisait donc bien froid là-bas? (Le voyageur tire de sa poche un morceau de glace rouge, il fait comprendre que c'est du vin.) Du vin gelé?

PIERRE.

Ça doit être difficile à conserver en bouteilles. (Le voyageur fait comprendre que quand on a soif, on casse son vin; il en donne un morceau à Pierre.) Il veut aussi me geler la langue?

OSTENDE.

Et votre pain? (Le voyageur tire de sa poche un morceau de pain ur lequel il frappe très-fort.)

PIERRE.

C'est un moellon ça? Il n'est pas positivement tendre.

OSTENDE.

Qu'est-ce que vous avez découvert dans votre voyage?

PIERRE.

Il n'a pas dû se découvrir, si j'en juge par ses vêtements.

Le voyageur fait le récit d'une chasse aux ours. Ils sont attaqués par les ours blancs. Il grogne pour faire comprendre que ce sont des ours très-méchants. Il représente l'ours et place Pierre pour l'attaquer en imitant l'ours.

PIERRE.

Votre récit est plein d'intérêt... Le dialogue manque de clarté, mais plein d'intérêt. Et maintenant, vous allez? (Le voyageur lui serre la main et lui dit qu'il va très-bien.) Non, je vous demande où vous allez? (Le voyageur dit qu'il va continuer son expédition.)

PIERRE.

Bonne chance!

PIERRE et OSTENDE.

ENSEMBLE.

AIR: Bon voyage M. Dumolet.

Bon voyage, cher voyageur,
En Italie
Ah! cherchez je vous prie
A retrouver votre chaleur.
Elle pourra chasser votre pâleur.

OSTENDE.

Je suis encore toute transie de notre conversation avec ce voyageur!

PIERRE.

En effet, je grelotte, saperlotte!

SCÈNE VII

LES MÊMES, LES FRÈRES SIAMOIS.

PREMIER FRÈRE.

Monsieur.

DEUXIÈME FRÈRE.

Nous avons.

PREMIER FRÈRE.

L'honneur.

ENSEMBLE, saluant.

De vous saluer.

PIERRE.

Quels sont ces singes?

PREMIER FRÈRE.

Nous sommes...

DEUXIÈME FRÈRE.

Les frères...

ENSEMBLE.

Siamois.

PIERRE.

Vous tombez comme deux chiens dans un jeu de siam.

OSTENDE.

Mais pourquoi parlez-vous en partie double?

PREMIER FRÈRE.

Parce que...

DEUXIÈME FRÈRE.

Ce que je ressens...

PREMIER FRÈRE.

Mon frère le...

DEUXIÈME FRÈRE.

Ressent.

PIERRE.

C'est très-gentil, j'ai connu les frères Lyonnet; ils étaient attachés l'un à l'autre, mais pas autant que vous.

PREMIER FRÈRE.

C'est une bizar...

DEUXIÈME FRÈRE.

Rerie...

PREMIER FRÈRE.

De la nat...

DEUXIÈME FRÈRE.

Ure.

PIERRE.

Pourquoi dire hure en regardant ma figure?

OSTENDE, aux frères.

Ces mots hachés menu, menu, feraient très-bien en duo.

PREMIER FRÈRE.

Il existe: le duo des sen...

DEUXIÈME FRÈRE.

Sations réci...

PREMIER FRÈRE.

Proques.

AIR: cavatine Bouffe et Tailleur.

J'ai mon cor qui m'enrage.

DEUXIÈME FRÈRE, jetant un cri.

Aï.

PREMIER FRÈRE.

Bon! mon cerveau s'engage

DEUXIÈME FRÈRE, éternuant.

Atchi!

PREMIER FRÈRE.

Je crois bien que ma femme.

DEUXIÈME FRÈRE.

Je l'crus.

PREMIER FRÈRE.

Nous sommes, c'est infâme.

PIERRE.

Motus!

PIERRE.

Vous m'intéressez!

OSTENDE.

Et vous vivez comme cela?

PREMIER FRÈRE.

Depuis...

DEUXIÈME FRÈRE.

Cinquante...

PREMIER FRÈRE.

Quatre ans...

PIERRE.

Ce n'est pas possible!

PREMIER FRÈRE.

Mais nous avons assez de notre po...

DEUXIÈME FRÈRE.

Sition. Aussi nous allons nous sé...

PREMIER FRÈRE.

Parer.

PIERRE.

Allons donc, dans votre po...

DEUXIÈME FRÈRE.

Sition.

PIERRE.

Si ça vous est égal, j'aime mieux finir mes mots moi-même bref! je ne puis croire à votre séparation.

AIR: De l'Artiste.

Eh quoi, toujours ensemble
Et toujours réunis,
Vous êtes, ce me semble,
Comm' les États-Unis.
Vrai, je ne vous crois guère,
Bons frères Siamois,
Il ne faut pas m' la faire
Ici, cette scie à moi.
Il ne faut pas me faire
Siamois, cett' scie à moi!

OSTENDE.

On m'a dit que vous étiez mariés,

DEUXIÈME FRÈRE.

Oui, mademoiselle, et voilà notre malheur.

PREMIER FRÈRE.

Nous avons deux femmes d'un caractère différent.

DEUXIÈME FRÈRE.

Ma femme aime à voyager.

PREMIER FRÈRE.

Agathe, la mienne ne veut pas bouger.

DEUXIÈME FRÈRE.

Un jour, Justine, la mienne, part pour les bords du Missis...

PREMIER FRÈRE.

Sipi...

DEUXIÈME FRÈRE.

Avec un jeune homme; je veux la suivre...

PREMIER FRÈRE.

Joseph est jaloux, moi ça m'est égal!

DEUXIÈME FRÈRE.

Alors, mon frère Auguste ne veut pas venir pour surveiller Justine.

PREMIER FRÈRE.

Pourtant, je me décide : au bout de deux jours nous partons.

DEUXIÈME FRÈRE.

Il était trop tard ; Justine revenait seule du Missis...

PREMIER FRÈRE.

Sipi...

PIERRE.

Elle n'avait plus son jeune homme.

DEUXIÈME FRÈRE.

Non, et moi j'étais...

PREMIER FRÈRE, mettant son doigt sur la bouche.

Connu !

PIERRE.

Allons, je vois qu'Auguste n'a pas été gentil pour Joseph.

DEUXIÈME FRÈRE.

Voudriez-vous nous donner l'adresse d'un avocat pour qu'il obtienne notre séparation ?

PIERRE.

Allez plutôt chez un chirurgien, il tranchera la difficulté.

DEUXIÈME FRÈRE.

Moi, je tiens à cette difficulté, avec un avocat j'en aurai pour plus longtemps.

OSTENDE.

Voulez-vous un avocat à barbe, à moustache ou imberbe.

PREMIER FRÈRE.

Pourquoi cela ?

PIERRE.

C'est très-important, c'est un des grands succès du barreau français de plaider avec des moustaches. Si vous voulez gagner votre cause, prenez l'avocat le plus barbu.

OSTENDE.

Du côté de la barbe est la toute-puissance.

DEUXIÈME FRÈRE.

Merci de...

PREMIER FRÈRE.

Ces bons...

ENSEMBLE.

Renseignements.

ENSEMBLE.

AIR : Mes amis restons ici.

Tous deux nous disons merci,
A l'homme qui vient ici ;
De nous indiquer sans débat
Un bon avocat.

SCÈNE VIII

LES MÊMES, L'ABEILLE, LA DEMOISELLE, LE PAPILLON, LA BÊTE A BON DIEU.

PIERRE.

Vivre cinquante-quatre ans ensemble pour en arriver à se séparer, c'est bête.

OSTENDE.

Tiens, en parlant de bêtes cela fait venir des insectes.

PIERRE.

Pourvu qu'ils ne soient pas nuisibles.

OSTENDE.

Ils ont l'air bien inoffensif.

LES INSECTES.

AIR : Polka des Buveurs.

Doux insectes, notre bruit
Ici bas charme et séduit ;
Nos ail's quand le jour s'enfuit,
Vont caresser les fleurs à minuit.

OSTENDE.

Qui êtes-vous donc et que demandez-vous ?

LA DEMOISELLE.

Nous sommes les plus jolis produits de l'Exposition des insectes du Palais de l'Industrie.

PIERRE.

Et vous, charmante petite bête, qui êtes-vous ?

LA BÊTE A BON DIEU.

Moi, je suis la coccinelle dit Bête à bon Dieu.

PIERRE.

En effet, il me semble déjà vous avoir rencontré, au printemps, sur un rosier, dans les Champs-Élysées.

LA BÊTE A BON DIEU.

J'y demeure souvent.

OSTENDE.

Ce serait dommage de vous détruire.

PIERRE.

Et vous, comment vous nomme-t-on ?

LE PAPILLON.

Tachez de le deviner.

AIR : de L'Éveillé.

Papillon léger
Que j'aime à voltiger,
Le printemps sans danger
M'invite à voyager ;
Moi j'aime à changer,
Et jamais le danger
Ne m'empêche d'bouger,
Et surtout de voltiger.
Pour moi, chaque jour
Amène un autre amour.
J'en conviens sans détour,
Je change tour à tour ;
La brune me plaît,
Puis après me déplaît,
Et la blonde me fait
Juste le même effet.

REPRISE.

Papillon léger.

PIERRE.

Ah ! j'ai trouvé votre nom, C'est le cri-cri.

LE PAPILLON.

Non !

PIERRE.

Alors c'est le Papillon.

OSTENDE.

Ce n'est pas possible, on te l'a dit.

PIERRE.

Non vrai, j'ai deviné. Et vous, gracieux insecte ?

LA DEMOISELLE.

Moi, je suis la demoiselle, c'est facile à reconnaître !

PIERRE.

Facile, facile, pas trop, car je ne puis jamais distinguer comme çà, une dame, d'une demoiselle.

LA DEMOISELLE.

Eh bien ! je le suis encore, grâce à ma vertu.

AIR : l'Hirondelle et la Polonaise

Un jour passant par Meudon,
Une jeune demoiselle
Rencontre un joli garçon,
Qui la trouva vraiment belle.
C'était moi, plein d'effroi
La peur me donna des ailes.
C'est depuis ce temps-là
Que j'ai des ailes comm' çà !

PIERRE.

Vous êtes vraiment toutes gentilles à croquer, mes petits insectes. Et on paierait cher le plaisir de vous voir.

LA DEMOISELLE.

Payez.

PIERRE.

Mais pas en billets de banque.

OSTENDE.

Pourquoi pas ?

PIERRE.

Parce que les billets de banque n'ont pas de valeur entre insectes.

LA DEMOISELLE.

Charmant, charmant.

L'ABEILLE.

Croyez-vous à la métempsychose ?

PIERRE.
La métempsy-chose... si j'y crois, demandez à Ostende.

OSTENDE.
C'est un vrai métempsychosien.

LA DEMOISELLE.
Alors ça ne vous étonnera pas d'apprendre que nous nous transformions.

AIR : des petits souliers. (Javelot.)

Moi, la d'moiselle on m' prend...
Youp, youp, peti, petap!
tap, tap!
Peti, peti, peti, petap!
Quand je vieillis pour mon argent,
C'est l'usage maintenant.

LA BÊTE A BON DIEU.
La bête à bon Dieu prend...
Youp, youp, etc.
La forme d'un être assommant
Vous en rencontrez souvent.

LE PAPILLON.
Papillon séduisant...
Youp, youp, etc.
Je m' change en p'tit crevé vivant
Du beau boulevard de Gand !

PIERRE.
Cet air est entraînant...
Youp, youp, etc.
Mais, j' l'avoue, au bout d'un moment,
Il d' vient vraiment embêtant.

Les insectes sortent.

SCÈNE IX

PIERRE, OSTENDE.

PIERRE.
Ah ! c'est bon de voir des bêtes, ça repose

OSTENDE.
Alors tu dois te reposer souvent.

PIERRE.
Si c'est pour moi que tu dis cela, je te remercie, ma petite Ostende.

OSTENDE.
Voyons, où irions-nous bien maintenant ? Si tu veux nous irons consulter une nouvelle colonne affiche pour aller aux spectacle.

PIERRE.
Les colonnes spectacle, merci ! on ne m'y reprendra plus.

OSTENDE.
Pourquoi donc ?...

PIERRE.
Pourquoi ?

AIR : de l'Apothicaire.

Hier en sortant du restaurant,
Droit vers une de ces colonnes
Je cours, le cas était pressant.
Autour je vois trente personnes;
Je vais pour... Tiens, me dis-je, on a
Changé de côté l'ouverture...
Et je tourne, tourne jusqu'à
C' qu'on m'emmène à la préfecture !

OSTENDE.
Alors que faire ?...

PIERRE.
Si tu veux, nous irons déjeuner rue Montorgueil et nous nous ferons ouvrir quelques douzaines d'huîtres.

L'ÉCAILLÈRE, au dehors.
A la barque ! à la barque!

OSTENDE.
Tiens, voilà justement une écaillère, mais ne lui dis pas que je m'appelle Ostende.

SCÈNE X

LES MÊMES, MANON.

AIR : Tout se passe.

L'écaillère,
L'écaillère,
R'connaissez mon signalement.
J'en suis fière,
Oui très-fière !
(Montrant sa bourriche.)

Regardez-moi ce fourniment :
Oui j'e suis une écaillère,
J'ouvr' les huîtres pour trois sons.

Vous entendez, mon compère,
Ainsi prenez garde à vous.

PIERRE.
Dites donc, hé ! l'écaillère.

MANON.
De quoi ! on rit avec vous et tu te fâches. Allons donc !...

REPRISE EN CHŒUR.

MANON.
Voulez vous des huîtres ?

OSTENDE, vivement.
Non, merci, elles sont trop chères et trop rares.

MANON.
Tais-toi donc, ma biche, on en rencontre partout.

AIR : de Fanchon.

I
Du sot ou du bélître,
Que dit-on ? c'est une huître !
Et de ce gros ignorant qui,
En n'ayant aucun titre
Veut passer pour un érudit;
Que dit-on ? c'est une huître !
On n'entend que ce cri !

II
L'époux qui comme un pitre
Est trompé, n'est qu'une huître.
Narcisse qui d'e lui s'éprit,
Ce fad' faiseur d'épître,
L'homme riant de ce qu'il dit :
Une huître, encore une huître !
On n'entend que ce cri !

PIERRE.
Vous avez bientôt fait d'être la marraine de tout le monde.

MANON.
Oui, mais ces huîtres-là sont difficiles à placer; car vois-tu, mon fiston, sans façon, l'huître à fait l' plongeon... Tu me regardes avec tes yeux gris de merlan frit, mon bibi, t'as beau être de mode, j'te parle le langage de Vadé !

PIERRE.
Modérez votre langue s'il vous plait.

MANON.
De quoi ! tu fais l'oie avec moi ! Manon est mon nom, mon bon, je m'appelais Sophie, mon chéri, mais j'ai pris celui-ci qui est plus gentil... Qu'est-ce que t'en dis, fifi ?

PIERRE.
Sophie était un joli nom.

MANON.
J'en ai changé parce que ça a fait avoir des désagréments à mon pays.

OSTENDE.
Comment s'appelle votre pays ?

MANON.
Il s'appelle Adolphe... un grand beau brun.

PIERRE.
Je vous demande où vous êtes née !...

MANON.
Dans les melons, mon fiston, tu vois que tu es un brin mon cousin. Tu te grattes et ça t'épate ma chatte !

AIR. Ça vous coupe la gueule à quinze pas.

Tu dis : ça n'est pas un' femme comme il faut.
Eh bien ! c'est c' qui te trompe ma biche !
Quand j' veux je me sers d'un langage nouveau,
Et j' t'assur' qu'il est vraiment riche.
Ah ! tu souris, tu t' dis tout bas !
C' qu'elle me dit là ça me coupe les bras.
Eh bien, si tu ne me crois pas,
J' te casse !'... la frimousse à quinz' pas.

PIERRE.
C'est trop fort, et je vais.

NANON, très comme il faut.
Que faut-il servir à mylord, une douzaine d'Impériales, de Marennes, de pied de cheval, d'Ostend e.

OSTENDE, vivement.
Non merci !

PIERRE.
Quel changement !

MANON.
Quand les huîtres valaient quatre sous la douzaine, la vieille écaillère, celle de Vadé, avait un autre langage elle perchait sur un méchant escabeau de bois au milieu de la Halle. Aujourd'hui que l'huître vaut trois francs la douzaine, l'écaillère a un peigne d'écaille et elle parle un idiôme fleuri; c'est égal je regrette le temps passé.

Musique nouvelle de l'Éveillé.

A la barque ! (*trois fois.*)
J'arrive et l'on m' remarque,
Quel est ce minois ? parbleu !
C'est un souv'nir du *Cadran bleu*.
A la barque, à la barque ! Etc.

I

Je m' suis dit : c'est pas tout ça,
Si la moderne écaillère
Vend à peine sa cloyère.
C'est que son chic s'éclipsa,
Moi, d'Montmartre à Montrouge,
D'là Halle au boulevard,
J'promèn' mon jupon rouge,
Et mon bonnet poissard,
Et je crie avec art :
A la barque à la barque ! Etc.

II

Les huîtres sont hors de prix.
Pour ramener la clientèle,
A quoi bon faire sentinelle,
D'evant les grands cafés de Paris ?
Le lux' qui les distingue,
Fait qu' les prix mont'nt toujours.
Retournons chez l'man'zingue,
Comme au temps de mes beaux jours ;
Çà f'ra baisser les cours !
A la barque, à la barque ! Etc.

III

Mon chapelet dévidé,
Avec le poing sur la hanche,
Me rendra la gaîté franche
Des Poissardes de Vadé.
Puis les pompiers d'Nanterre,
S'mettant sur un bon pied.
Dam ! la b elle écaillère.
R'viendra-z-à son pompier.
(*Parlé*)
Ohé ! mon fiston ! Ohé !
(*Chantant.*)
A la barque, à la barque ! Etc.

CHŒUR.

A la barque, à la barque,
Elle arrive on la remarque.
Quel est ce minois ? parbleu !
C'est un souvenir du *cadran bleu*.
A la barque ! à la barque ! Etc.

MANON.

Et pour en juger ma toute belle, voulez-vous venir avec moi ?

OSTENDE, *vivement.*

Oh ! non.

MANON.

Pourquoi cela ? vous me convenez.

PIERRE.

Je le crois bien...

NANON.

Alors, si vous passez du côté de la halle, venez goûter mes produits.

OSTENDE, *timidement.*

Oui, j'irai.

PIERRE, bas.

Ne fais pas cela... tu n'aurais qu'à avaler ton oncle ou ta cousine ?

MANON.

Vous demanderez Manon, la belle Écaillère, la première borne à main droite. Oh ! vous verrez que je me suis bien meublée... j'ai trois paillassons tout neufs... une chaise à deux étages avec façade sur la rue, et une douzaine de bourriches qui ont de la paille dans leurs bottes... (Elle sort puis rentre.) Très-connue à Paris. Au revoir vieil éteignoir. (Se refaisant très distinguée.) Monsieur le baron, je vous présente mes salutations les plus congratulées. (Elle sort sur la reprise du refrain de la ronde.)

PIERRE.

Je n'en suis pas moins le vôtre...

REPRISE DU REFRAIN

SCÈNE XI

OSTENDE, PIERRE.

OSTENDE.

Où allons-nous maintenant ?

PIERRE.

Allons, viens faire une visite à la reine de Mohély.

OSTENDE.

La distance qui nous sépare d'elle est trop grande !

PIERRE.

Et tu n'as pas de timbre pour l'affranchir ?

SCÈNE XII

LES MÊMES, LECOQ.

LECOQ.

Lacheneur est pincé, Gévrol furieux, la veuve Schupin rentrera à la poivrière, mais le duc de Sairmeuse n'en sortira pas facilement.

PIERRE.

Ah ça ! me direz-vous qui vous êtes avec Gévrol à l'absinthe et votre Lacheneur à la poivrière ?

LECOQ.

Comment ? vous ne m'avez pas encore reconnu, je suis Lecoq.

PIERRE.

Le coq du village ?

LECOQ.

Farceur.

PIERRE.

Faut bien dire des bêtises.

LECOQ.

Avez-vous lu mes annonces, Lecoq, Lecoq, Lecoq, Lecoq, quatre fois.

PIERRE.

Oui, j'ai vu ça sur une affiche, je n'y ai rien compris.

LECOQ.

Tant mieux. Si vous aviez compris, vous n'auriez pas cherché à savoir ce que cela voulait dire, je tire à 3,333,333 numéros et des centaines de plus ; j'ai un chroniqueur qui trim et l'espèce en est rare.

AIR : *Il était un petit homme.*

Le *Petit Journal* donne
Monsieur L'coq, un succès
Tout français ;
Aussi chacun s'abonne
A ce petit journal
Sans égal ;
Dès lors, moi, j'ai cru
Vraiment superflu
D' vous l'dire, bien convaincu
Que Lecoq eut
Un succès ; c'est connu.

PIERRE.

Eh ! là-bas, vous allez bien ! et où allez-vous de ce pas ?

LECOQ.

Je vais chercher ma médaille où j'ai fait graver dessus ? « Semper vigilans ». »

PIERRE.

Bonne chance.

OSTENDE.

Fais attention : voilà deux femmes distinguées qui nous arrivent.

PIERRE.

Entrez donc, mesdames, vous n'êtes pas de trop. (A part.) Bigre, tenons-nous.

SCÈNE XIII

PIERRE, OSTENDE, LA TERRINE, BEBELLE.

(Elles arrivent en se faisant des politesses à qui ne passera pas la première*
Bebelle porte un gros bouquet.)

BEBELLE.

Entrez donc, je vous prie.

LA TERRINE.

Vous êtes bien aimable.

BEBELLE.

Je sais trop ce que je vous dois,

LA TERRINE.

Mais vous ne me devez rien.. (s'avançant la première.) C'est bien pour vous être... agréable.

BEBELLE, la ramenant à son plan. Bas.

Chipie.

LA TERRINE, bas.

Je suis au même rang que vous, pie-grièche.

OSTENDE.

Ces dames ont l'air d'être au mieux ensemble.

LA TERRINE.

Il ne faut pas se fier aux apparences. (se reprenant.) Nous nous ménageons.

PIERRE.

Ah! bien, si vous ne vous ménagiez pas?

BEBELLE.

Mais nous ne pouvons pas nous sentir.

PIERRE.

Avec un pareil bouquet.. moi je vous sens parfaitement.

LA TERRINE.

Deux rivales.

PIERRE.

J'y suis, vous idolâtrez le même monsieur.... Alors faut le mettre en loterie.... le premier numéro sortant vous sortira d'embarras.

OSTENDE.

Je prends un billet.

BEBELLE.

C'est pas ça.

PIERRE.

Qu'est-ce que c'est alors?

BEBELLE.

Je suis la fameuse, la célèbre, l'éternelle bouquetière du Jockey-Club.

LA TERRINE.

L'ex-bouquetière.

BEBELLE.

Oh! pas si ex que ça.... Je menais l'existence la plus fleurie et la plus embaumée, décorant la boutonnière de mes clients des plus gros camélias et des boutons de rose les plus mignons, le tout à un louis la fleur.

PIERRE.

Sac à papier!... ça met le bouquet de violettes à 200 francs

BEBELLE.

Quand tout à coup.

PIERRE.

Tout à coup, quoi?

BEBELLE.

Mademoiselle la Terrine vient s'installer sous les fenêtres du Jockey-Club dans un kiosque.

PIERRE.

Kiosque ça vous fait.

TERRINE.

Oui, au fait.

BEBELLE.

Ça me fait, que depuis ce fatal soir mes clients me laissent plantée dans l'escalier du Jockey-Club, sans avoir l'air de me voir. Les ingrats n'ont plus de pince-nez que pour mademoiselle, de gilets à cœur, que pour elle.

TERRINE.

Que voulez-vous que j'y fasse?

BEBELLE.

Et pourtant.

Air d'Hervé : Joueur de flûte.

Ah! combien je fus à la mode;
On me chanta dans plus d'une ode.
J'avais part à tous les honneurs.
Des vainqueurs
J'portais les couleurs.
Dzing!

PIERRE.

On r'viendra vous faire fête,
Et musique en tête
Tel régiment qui passera
Sur le boulevard dira :
Tra là là là
Dzing! boum! boum!

BEBELLE.

Ah! merci, vous me remettez de l'eau de Cologne dans le sang (A Pierre lui donnant son bouquet.) Permettez...

PIERRE.

Avec plaisir.   (Il le donne à Ostende.)

TERRINE, à Bebelle.

C'est égal, je ne l'emporte pas moins sur vous, car j'ai plus de mérite que mademoiselle...

PIERRE.

Il ne faut déjà pas... avoir été si bien élevée pour vendre des pieds d'alouettes et des oreilles d'ours...

OSTENDE, criant.

Fleurissez-vous, mesdames, un sou la botte.

PIERRE.

Tenez, et pas la moindre préparation.

TERRINE.

Bebelle, la bouquetière, retarde sur le progrès...

OSTENDE.

Es-ce que vous faites parler les roses?

TERRINE.

Précisément.

Air : de L'Éveillé

Chaque fleur
Parle son langage,
L'une décourage
Mais l'autre présage
Le bonheur,
Et parfum qui vole
Rassure et console
En séchant un pleur.
Le bleuet
Veut dire lumière;
La raison s'éclaire,
L'âme devient fière.
Le muguet
Veut dire espérance,
Fin de la souffrance
Et plaisir parfait.
Le dahlia,
Récolte inutile,
Image servile
Du crevé futile.
L'réséda :
Plus j'te vois, plus j'taime ;
Ravissant poème
Que l'amour signa,

PIERRE, continuant l'air.

J'risque un mot
Selon mes coutumes :
Je dis que nous fûmes
Durs pour les légumes.
L'haricot
Comm' les fleurs s'exprime,
N'm'en faites par un crime,
N'y aura pas d'écho.

ENSEMBLE.

Chaque fleur
Parle son langage.
L'une décourage
Mais l'autre présage
Le bonheur,
Et parfum qui vole,
Rassure et console
En séchant un pleur.

BEBELLE.

Tout ça est bel et bon, mais je prétends continuer mon petit commerce.

LA TERRINE.

Et moi te détrôner!

PIERRE.

Attendez, j'ai trouvé le truc pour vous réconcilier

BEBELLE et TERRINE.

Dites, dites.

PIERRE.

Je pille un jugement archicélèbre, mais qui a déjà réussi une fois.

Air : Du haut du ciel, ta demeure dernière.

Au temps jadis on racont'que deux mères
Se disputaient un méchant marmouset,
Comme aujourd'hui, là, ces deux bouquetières,
S'querell'nt à qui fleurira le Jockey
Oui, toutes deux voule't flourir le Jockey.

Prenant le bouquet des mains d'Ostende et le séparant en deux.

A Bebelle et à la Terrine.

Je prends ces fleurs, j'apais'votre colère
En partageant votre rôle à l'instant.
Du haut du ciel, ta demeure dernière
Grand Salomon, tu dois être content.

Donnant une moitié du bouquet à Bebelle et l'autre à Terrino.

ENSEMBLE.

Du haut du ciel, etc.

TERRINE.

De sorte qu'il y aura ?

OSTENDE.

Deux bouquetières.

PIERRE.

Le Jockey-Club est assez riche pour payer sa gloire; ceci dit, mesdemoiselles, au plaisir de vous retrouver.

LA TERRINE et BEBELLE, *se donnant la main.*

Les meilleures amies du monde.

AIR : *Entre Paris et Lyon.*

Allons vite
Aux jockeys
Porter ces
Bouquets
Frais,
Coquets,
Bien faits.
Allons vite
Aux jockeys
Rendre notre visite.

ENSEMBLE.

Allons
Allez   vite
Aux jockeys
Porter ces
Bouquets
Frais,
Coquets,
Bien faits.
Allons
Allez   vite
Aux jockeys
Rendre notre visite.
     votre

La Terrine et Bebelle sortent.

TOTO, *dans la coulisse.*

Gare! gare! que je passe.

PIERRE.

Qui diable nous arrive-là ?

SCÈNE XVII

LES MÊMES, TOTO, *en collégien, entre à cheval sur un vélocipède.*

TOTO.

Gare! gare!

PIERRE.

Qu'est-ce que c'est que cet instrument là ?

TOTO.

AIR : du *Brasseur de Preston.*

Le vélocipède est commode,
Il détrônera le cheval.
Comm' le bœuf il est à la mode,
Pour la course il n'a pas d'égal.
Méprisant ce noble animal
Que l'on appelle le cheval,
Du dictionnaire, sans façon,
On effacera même son nom.
Au lieu d'un' fièvre de cheval
On dira, quand on aura c' mal :
Cher docteur, apportez votre aide,
J'ai ma fièvr' de vélocipède.
On ne dit plus comme un cheval!
Cet homme se donne du mal.
Quand Richard III perdit son trône,
Il dit : Mon royaume pour un ch'val.
Il dirait : J'offre ma couronne
Pour c'vélocipède sans égal.
Le vélocipède est commode,
Etc., etc.

C'est de la gymnastique, mais ça entre en première ligne dans le programme de l'éducation dans les colléges.

PIERRE.

Vraiment.

TOTO.

Monsieur, je m'appelle Toto.

OSTENDE.

Et d'où venez-vous?

TOTO.

De mon collége. C'était hier la distribution des prix.

PIERRE.

Et lequel avez-vous obtenu?

TOTO.

Le plus glorieux, celui de gymnastique.

OSTENDE.

Et vous êtes fier de votre triomphe?

TOTO.

Je le crois bien ; la gymnastique, c'est la force de l'éducation. Le prix d'honneur est décerné à l'élève qui donnera le plus de coups de poing.

PIERRE.

Ah! ça, mais dites-donc, je vous trouve drôlement instruit pour votre âge.

TOTO.

Vous êtes en retard, mon vieux, vous ne sauriez pas seulement vous présenter dans le monde.

PIERRE.

C'est donc bien changé l'éducation?

TOTO.

C'est à ne plus s'y reconnaître; ainsi lorsque vous entrez dans un salon, vous faites la roue, puis vous sautez par-dessus la tête du maître de la maison.

PIERRE.

Vraiment?

TOTO.

Rien n'est plus simple; c'est un système de régénération physique. Ainsi, faites-moi des questions.

OSTENDE.

Voyons, faites-lui des questions.

PIERRE.

Ah! dam, je ne sais pas. Attendez, en géographie, où est situé Strasbourg?

TOTO.

Strasbourg. (*Il lui donne un coup de pied dans le derrière.*) Voilà.

PIERRE.

Eh! bien dites donc? vous n'êtes pas gêné.

TOTO.

Vous demandez où est situé Strasbourg, je vous indique le Bas-Rhin.

PIERRE.

C'est admirable, je n'ai rien à dire.

OSTENDE.

Et en musique.

TOTO.

C'est très-facile, voulez-vous connaître la valeur d'une blanche ?

PIERRE.

Oui.

TOTO, *pince deux fois Pierre.*

Voilà!

PIERRE.

Aie! aie! je ne vous demande pas ça.

TOTO.

La valeur d'une blanche c'est deux noirs : vous les avez.

PIERRE.

C'est charmant et ça se comprend dans toutes les langues, ces démonstrations se retiennent facilement.

TOTO.

Tout se comprend et peut s'expliquer par la gymnastique.

AIR: *Ce fut un petit four.*

Oui, mon cher, aujourd'hui
Tout se fait par la gymnastique,
Celui qui la critique
Attire le blâme sur lui.
Voyez cet amoureux,
Admirez sa mimique :
C'est de la gymnastique,
Qu'il fait avec ses yeux.
Et l'amoureuse qui,
(*Faisant le geste d'un baiser.*)
Des lèvres lui réplique,
C'est de la gymnastique
Qu'elle fait bien aussi!
Voyez ce vieux barbon,
Il court chez sa belle maîtresse,
Retrouvant sa jeunesse
Pour voir son aimable tendron;

Il fait d'énormes pas
Le rouge monte à son physique,
C'est de la gymnastique
Dont il ne profitera pas.
Le voleur qui, le soir
Vous frôle et prend sa course,
Emportant votre bourse,
Montre aussi son savoir.
Sa main par petits coups,
Dans le gousset pratique
Certaine gymnastique.
Trop ruineuse pour vous.
Un enfant est braillard ;
Sa tendre mère sans réplique
       (Faisant le geste de donner le fouet.)
Fait de la gymnastique
Sur le... dos du jeune moutard.
L' pompier se fait un jeu
D'un dévouement vraiment unique.
Grâce à la gymnastique
Il sauv' son semblable du feu,
Donc, mon cher aujourd'hui,
Tout se fait par la gymnastique ;
Celui qui la critique
Attire le blâme sur lui.

PIERRE.

C'est adorable, je voudrais être acrobate, pompier.

TOTO.

Je le crois, ils sont très à la mode... n'est pas pompier qui
veut, et la grâce, l'agilité, la souplesse.

PIERRE.

Et la célérité. Oh ! la pompe, la gymnastique, vous m'en-
flammez jeune homme.

TOTO.

Tenez, exemple, prenez-moi mon premier prix. (Il lui remet
des haltères.), et suivez bien mes attitudes. (Pose.) Le danseur
napolitain.

PIERRE, imitant une pose.

Voyez, je me rappelle l'Apollon du Réverbère,

TOTO.

Belvéder.

PIERRE.

Belvéder, réverbère, ça m'est égal.

TOTO, il lui passe la jambe, et Pierre tombe sur le derrière.
Bon ! vous voilà tombé sur votre mappemonde.

PIERRE, se relevant.

Oui, mais je me suis abîmé l'Amérique.

TOTO.

Aussi quelle grâce, quelle souplesse... attention... Autre
attitude. (Pose, il lui remet les haltères avec les bras en l'air.) Ne
bougeons plus. (Bas à Ostende). Mademoiselle voulez-vous me
suivre ?

OSTENDE.

Avec plaisir.

TOTO.

Nous irons visiter les squares. (A Pierre.) Très-bien, ne
bougez pas. (A Ostende.) Venez.

PIERRE.

Ne me perdez pas de vue. (Toto et Ostende s'en vont ensemble
— Musique. — Pierre continue ses poses sans rien voir, lorsqu s'aperce-
vant qu'il n'y a plus personne, il cherche et se sauve. — Musique.

Troisième Tableau

LE JOURNAL PARLÉ

DISTRIBUTION DU TROISIÈME TABLEAU

Un rideau au fond sur lequel le spécimen d'un journal, seulement
le journal est en blanc, avec ce titre. Le journal parlé, feuille quoti-
dienne. — Au dessus de chaque colonne qui sépare le journal, il y a :

Courrier de Paris, Faits divers . au bas, Feuilleton. Seulement le dessous
en blanc.

SCÈNE PREMIÈRE

LE PÈRE PIERRE, OSTENDE.

PIERRE.

Qu'est-ce que c'est que ça ?...

OSTENDE.

Le journal que tu cherches, pour te mettre au courant
de tout.

PIERRE.

Un singulier journal, sauf les titres, tout est blanc, comme
aux dominos... blanc partout.

OSTENDE.

Il n'y a même pas l'adresse où l'on s'abonne.

PIERRE.

Ce manque d'adresse de la part du rédacteur...

SCÈNE II

LES MÊMES, BLAGUEFERME.

BLAGUEFERME.

Erreur, monsieur, erreur ! le journal parlé est un journal
à la portée de toutes les intelligences, de toutes les bourses,
de toutes les opinions..

OSTENDE.

Mais il n'est pas imprimé...

BLAGUEFERME.

Ce qui ne l'empêche pas de laisser une très-bonne impres-
sion sur ceux qui le reçoivent... suivez-moi bien...

PIERRE.

Allez-vous loin, comme ça ?...

BLAGUEFERME.

Je ne vous quitte pas... Jusqu'à présent on s'était contenté
de simples journaux plus ou moins politiques, de brochures
plus ou moins spirituelles, de pamphlets plus ou mois vio-
lents... et l'on en arrivait à quoi ? je vous le demande ?...

PIERRE.

Je ne le sais pas...

BLAGUEFERME.

Je le sais bien que vous ne le savez pas... On en arrivait à
la mort par l'oubli, à la ruine par le manque de vente...
Moi, j'évite tous ces désagréments en fondant le journal
parlé...

PIERRE.

Parlez... nous vous écoutons.

BLAGUEFERME.

Voilà mon invention ; je vais moi-même ou j'envoie à domicile ceux de mes rédacteurs choisis par la personne qui
s'abonne, Exemple : vous aimez les feuilletons et les nouvelles diverses, de 8 à 9, de 9 à 10 ou de 10 à 11 heures du
matin, selon votre désir, vous recevez chez vous ces deux
personnages qui, pendant une heure, à tour de rôle, vous
narrent ; l'un un feuilleton, l'autre les crimes les plus horri-
bles et les plus faux.

PIERRE.

Et est-on obligé de nourrir des rédacteurs que vous en-
voyez à domicile ?

BLAGUEFERME.

Non, ce sont eux qui vous nourrissent... l'esprit...

PIERRE.

C'est fort ingénieux.

OSTENDE.

Les abonnements sont-ils chers?

BLAGUEFERME.

Ça dépend des heures; pour le matin, c'est vingt sous en plus parce que les nouvelles sont plus fraîches, et les rédacteurs ont l'organe moins fatigué.

PIERRE.

Une simple question : dans vos rédacteurs, vous n'avez pas de bègues?

BLAGUEFERME.

Ils ont tous des langues à l'épreuve de la balle.

Air : de l'apothicaire.

Avant de les prendre, je veux
Qu'ils me tir'nt la langue au plus vite,
Plus elle est longue et plus je peux
Payer cher alors leur mérite.
Avec eux jamais de débats;

PIERRE.

Oui, je comprends votre harangue,
Puisque vous ne les payez pas
A la ligue, mais à la langue.

BLAGUEFERME.

Et voyez quel avantage énorme, mes rédacteurs n'ont pas besoin de savoir l'orthographe. — Ceux qui ont des tics sont impitoyablement exclus !

OSTENDE.

Et quelle rédaction représentez-vous?

BLAGUEFERME.

Tout !... Je suis le rédacteur en chef, j'ai l'œil aux fourneaux où se distille la prose, et je laisse à chaque collaborateur la liberté qu'il désire.

PIERRE.

Eh bien ! voyons, je veux essayer la chose, je m'abonne...

BLAGUEFERME.

Pour combien, un an, un mois, une heure?

PIERRE.

J'essaierai d'abord l'abonnement d'une heure. .

BLAGUEFERME.

Qu'est-ce que vous aimez ?

PIERRE.

J'aime assez le perdreau truffé.

BLAGUEFERME.

Je vous demande votre goût en fait de journalisme...

PIERRE.

Ah ! j'aime tout... j'ai cru qu'il m'invitait à déjeuner.

BLAGUEFERME.

Débutons donc par le commencement du journal.

Quatrième Tableau

LE JOURNAL LA PETITE PRESSE

Le Rideau-Journal se lève. — On se trouve au square Montholon, avec kiosques de journaux à droite et à gauche.

SCÈNE PREMIÈRE

LES MÊMES, LE PREMIER PARIS.

BLAGUEFERME.

A moi le premier Paris?

LE PREMIER PARIS

Présent ! Monsieur, je suis le premier Paris.

PIERRE.

Ah! vous êtes le premier de Paris.

LE PREMIER PARIS

Vous êtes un idiot.

PIERRE.

Ah ! mais, dites donc... est-ce que c'est compris dans l'abonnement ?

BLAGUEFERME.

Oh! qu'est-ce que ça vous fait, ça n'est pas imprimé.

LE PREMIER PARIS.

Je suis la partie politique... Il faut que vous sachiez d'abord qu'on a reçu des nouvelles de... (Il lui parle bas.)

PIERRE.

C'est pas possible et alors... (Il lui parle bas.)

LE PREMIER PARIS.

Justement, mais il est arrivé l'envoyé de... (Il lui parle bas.)

PIERRE.

Ça a été aussi loin que cela ? mais alors... (Il lui parle bas.)

LE PREMIER PARIS.

Vous y êtes... On fait jouer le télégraphe et la partie adverse apprend que... (Il lui parle bas.)

PIERRE.

Ah ! c'est prodigieux... mais vous auriez pu me dire ça tout haut.

LE PREMIER PARIS.

Vous croyez que je me serais permis — vous en savez autant que notre rédacteur en chef et je ne compromets pas le journal.

BLAGUEFERME.

Nous en avons déjà trop dit, vite, donnons le change.

Ils dansent en rond autour du père Pierre, en chantant.

Nous n'irons plus au bois
Les feuilles y sont coupées.

Il n'y a plus de danger, continuons...

OSTENDE.

Si nous passions au feuilleton ?

BLAGUEFERME.

A vos ordres... (Criant.) Le feuilleton s'il vous plaît.

SCÈNE II

LES MÊMES, LE FEUILLETON.

Il se précipite sur le père Pierre et lui dit.

LE FEUILLETON.

Tu m'as volé ma sœur, tu m'as volé ma maîtresse, tu m'as volé mon bonheur, tu vas mourir.

PIERRE.

Mais je vous jure...

LE FEUILLETON.

C'est toi qui as détourné Léocadie de sa route...

PIERRE.

Je vous assure que je ne savais pas par quelle route Léocadie passait...

LE FEUILLETON.

Et monsieur de la Roche-Trompette, et son frère le vicomte de Troulala, où les as-tu conduits ?

PIERRE.

Troulala m'est complétement inconnu...

LE FEUILLETON.

Tu mens, tu l'as rencontré dans un cabaret qui n'a qu'un œil... autrement dit un cabaret borgne, il était avec Boulengraisse, Goulatromba et Godillard.

PIERRE.

Quel est-ce galimatias ?...

BLAGUEFERME.

Le feuilleton...

PIERRE.

Mais je n'y comprends rien...

BLAGUEFERME.

Ah! dame! c'est votre faute; il fallait vous abonner la semaine dernière, il y a huit jours que ce feuilleton est commencé...

PIERRE.

AIR :

Vraiment, vous me la baillez belle:
J'commence au milieu du feuill'ton,
La chose me semble nouvelle;
C'est être par trop sans façon.
Je me fais l'effet d'un convive
Qu'on invite à dîner, et qui
Trouve mangés lorsqu'il arrive   *bis.*
La soup'! le bœuf et le rôti

BLAGUEFERME.

Le feuilleton ira passer une semaine avec vous, pour vous raconter les numéros arriérés...

PIERRE, regardant le feuilleton.

Je ferai durer le récit un bon mois...

BLAGUEFERME.

Voulez-vous la suite du journal ?

PIERRE.

Je crois bien, l'eau m'en vient à la bouche.

BLAGUEFERME, allant au fond.

Bigre !... n'ayons pas l'air... (Il prend le feuilleton et le premier Paris et danse en rond autour du père Pierre, en chantant.

Nous n'irons plus au bois,
Les feuill's y sont coupées.

Il n'y a plus de danger, je vais continuer votre abonnement. (Il fait un geste au fond.)

SCÈNE III

Les Mêmes, LA CHRONIQUE, LES FAITS DIVERS, LES ANNONCES, LES TRIBUNAUX.

ENSEMBLE

Air : *de Barbe bleue.*

Nous accourons
Et nous venons
Pour raconter ici
Ce qui se passe aujourd'hui.
De ce journal
Sans égal,
Avant très-peu de temps,
Vous serez tous contents.

BLAGUEFERME.

Allons, mes chers rédacteurs, de la vivacité dans le dialogue. (Montrant le père Pierre.) L'abonné attend.

LES FAITS DIVERS.

Avant-hier, une voiture a écrasé une femme, hier, une autre voiture a écrasé un homme ; demain, une troisième voiture écrasera un Auvergnat... Il pleut à Lyon, il fait beau à Marseille, il fait chaud à Nice et il fait froid à Strasbourg...

PIERRE.

C'est palpitant d'intérêt...

LES FAITS DIVERS.

X faisait la cour à la femme d'Y ; Z, l'ami d'Y l'avertit. X, qui ne se doutait pas que Z connaissait Y, allait son petit bonhomme de chemin. Y, un soir, attendit X en compagnie de Z, et lui asséna sur la tête un violent coup de n'importe quoi... ça devait être un instrument contondant. X cria, Y et Z prirent la fuite ; mais la patrouille arriva, et X, Y et Z furent emmenés au poste.

PIERRE.

Adorable... et vous vous appelez ?...

LES FAITS DIVERS.

Les Faits divers...

PIERRE.

Et vous, chère belle, qui êtes-vous ?

LA CHRONIQUE.

Moi, je suis la Chronique.

PIERRE.

Alors !... soyez laconique.

LA CHRONIQUE.

Vous dites ?

PIERRE.

Laconique, pas la colique.

LA CHRONIQUE.

Ah ! bien, mais comme je vous le disais :

Air : *On jacasse.*

Moi, chronique,
Je chronique,
Et dois être satirique.
La Chronique,
Quoiqu'unique,
Doit parler surtout
De tout.
Oui, je dois être partout :
Car à chacun je dois plaire ;
Ainsi que le solitaire,
J'entends tout et je vois tout.
On exige deux cents lignes,
Chaqu' jour on les... parlera.
Dieu ! quel régiment de lignes
Il me faudra pour cela !
Moi, Chronique,
Etc.

PIERRE.

Avez-vous quelque jolie chronique à nous débiter ?

LA CHRONIQUE.

J'en ai toujours...

Air : *Mais tu ne dis que des bêtises.*

Je parl' du soleil, de la lune,
De la pluie ou bien du beau temps ;
J' dis qu' les rich's ont d' la fortune,
Que l'été succède au printemps.
J'assure que la canicule
Ne vient que pendant la chaleur ;
Enfin, j'affirme sans scrupule
Qu'on est poltron quand on a peur :
Voilà le parfait chroniqueur.

PIERRE.

Ça doit vous donner du mal...

LA CHRONIQUE.

Je ne dors ni jour ni nuit...

PIERRE.

En effet c'est bien fatigant... à qui le tour ?

BLAGUEFERME.

Continuez l'abonnement de monsieur.

LES TRIBUNAUX, très-sombre.

On a repêché dans la Seine un jeune homme dont la mort paraissait remonter à huit jours... Malgré les nombreuses questions qui lui ont été adressées, il n'a pu donner ni son nom, ni son adressé...

BLAGUEFERME.

Ce sont les Tribunaux...

LES TRIBUNAUX.

Un procès curieux va se juger ces jours-ci, un homme s'est coupé la tête avec un rasoir... puis il a laissé un mot ainsi conçu : « Ne cherchez pas ma tête... je l'ai soigneusement cachée. » On croit à un crime...

OSTENDE.

Ce n'est pas gai...

PIERRE.

Est-ce tout ?

LES ANNONCES.

Et moi, l'Annonce, la quatrième page des journaux dont je fais la fortune. J'annonce tout... Écoutez : Caoutchouc prêtant beaucoup... excepté de l'argent... Société *haine aux fils et ficelles* ; Fabricants de vins falsifiés.

PIERRE.

C'est ce que nous appelons des vins *feints*.

LES ANNONCES.

Chocolat fait avec de la sciure de bois... Sous-pieds en porcelaine, servant au besoin d'assiette... Un franc la ligne... C'est moi qui ai lancé le journal l'*Événement*, qui a fait événement dès son avénement.

BLAGUEFERME.

Votre heure de journal parlé est écoulée... C'est trois francs...

PIERRE, payant.

C'est pour rien, ça met l'abonnement à trente six francs pour la journée... Enfin !...

BLAGUEFERME.

Mais chut ! plus tard... Garde à nous... venez... (Il va pour sortir, la Liberté de la Presse l'arrête.)

SCÈNE IV

Les Mêmes, LA LIBERTÉ DE LA PRESSE.

LA LIBERTÉ.

On ne passe pas.

BLAGUEFERME.

Mais, grande souveraine.

LA LIBERTÉ.

On ne passe pas, te dis-je... Tu me reconnais, moi, ta maîtresse suprême, moi, sans qui tu n'as pas le droit d'exister, moi enfin, qui te permets si ça me fait plaisir de dire à monsieur... (Elle montre Pierre.) que c'est un polisson...

PIERRE.

Ah ! mais dites donc...

LA LIBERTÉ.

Qu'il n'a pas de père...

PIERRE.

J'en ai peut-être plus que vous...

LA LIBERTÉ.

Qu'il a fait trois ans de prison.

PIERRE.

J'ai fait trois jours à l'hôtel des haricots ! Et encore je n'ai pas pu les finir...

LA LIBERTÉ.

Enfin, que sa mère était portière...

PIERRE.

Mais pour vous permettre de me dire tout cela, qui êtes-vous donc ?

LA LIBERTÉ.

Qui je suis ? Tu ne l'as pas deviné ? Je suis la Liberté de la Presse... Ma liberté, à moi, m'autorise à tout dire, à tout raconter, à tout oser, dans les mille journaux que j'ai enfantés. Ainsi, c'est moi qui autorise son journal, le journal parlé ; par ce moyen, il ne peut craindre d'être démenti ; aussi :

AIR : *de Renaudin de Caën.*

Dans son journal, de tout l'on rit,
On cite tout, sur tout l'on cogne,
On parle de tout sans vergogne,
Sans crainte d'être démenti !
Il peut dire qu'une lorette
Aujourd'hui de l'argent fait fi !
Qu'elle n'aime plus la toilette,
Sans crainte d'être démenti.
De nos boursiers, il peut vraiment
Dire qu'ils sont toujours honnêtes ;
Il peut dire que nos coquettes
Désirent vieillir promptement !
Il peut assurer que la guerre
Sera déclarée aujourd'hui,
Et puis affirmer le contraire...
Sans crainte d'être démenti.
Il peut jurer qu' les avocats,
Médecins, hommes de science,
En tout ont de la conscience
Et ne se montrent jamais plats.
Moi je dis que l'amour sincère
Partout se rencontre et grandit,
Que chacun enfin s'aime en frère...
Sans crainte d'être démenti.
Cet usurier que l'on maudit
N'existe plus, il est plein d'âme,
Et partout, moi je le proclame...
Sans crainte d'être démenti !
Quelqu'étonnant que ça paraisse,
J' puis dir' que votr' femm' ne vous fit...
Pas... ce qu'elles nous font sans cesse,
Sans crainte d'être démenti !
Dans son journal, de tout l'on rit,
On cite tout, surtout l'on cogne,
On parle de tout sans vergogne,
Sans crainte d'être démenti.

PIERRE.

Ah! mais, si vous allez trop loin, je vous attaque en diffamation.

LA LIBERTÉ.

Tant mieux, ça me fera de la réclame : tu m'écriras deux lettres, je t'en répondrai trois ; tu m'en écriras quatre je t'en répondrai cinq, et ça m'amènera des abonnés... La liberté de la presse, mais c'est le merle blanc des journalistes !

AIR : *Liberté.*

La liberté, voilà
C' qui nous réussira ;
Oui, mon cher, tout est là,
Et chacun la respectera.

I.

Vois ce mari qui là-bas
A cette fillette au bras,
Que lui dit-il tout bas ?
Si j'étais libre, hélas!
La liberté, etc.

OSTENDE.

II.

Un vieux me prend un baiser
Que j'allais lui refuser !
Que dira-t-on ? ma foi !
Qu'il est libre avec moi !
La liberté, etc.

III.

Ma maîtresse plusieurs fois
Me pince en quarante endroits.
Elle me dit tous les soirs
C'est la liberté... des noirs!
La liberté, etc.

PIERRE.

IV.

J'achèt' comm' journal du soir
La Liberté pour trois sous...
Ceux qui veulent la liberté
C'est ceux qui sont en prison...

LA LIBERTÉ.

Mais ça ne rime pas...

PIERRE.

Tiens, vous devez comprendre ça, ce sont des vers libres...

REPRISE.

La liberté, voilà
Etc., etc.

PIERRE.

Ainsi, c'est vous qui avez ce fameux journal parlé ?

LA LIBERTÉ.

Et bien d'autres avec. En veux-tu des échantillons ?

PIERRE.

Non, je n'y tiens pas...

LA LIBERTÉ.

Tes désirs sont des ordres... A moi, mes enfants, petits-enfants, neveux, nièces, cousins et cousines!

SCÈNE V

LES MÊMES, LA CLOCHE, LE LAMPION, LE GAULOIS, LA VEILLEUSE, LE PETIT FIGARO ILLUSTRÉ. (Ils ont tous de petites épées au côté ; ils sortent du douzième kiosque.)

AIR : *Nous voilà.*

Nous voilà, (ter)
Et sur le qui vive
Chacun arrive ;
Nous voilà, (ter)
Et chaque journal réussira.

PIERRE.

Oh! les gentils petits journaux... Avec eux, on ne désire pas la chute des feuilles...

LA LIBERTÉ.

Ne les agace pas trop... ils mordent...

BLAGUEFERME.

Ce sont des concurrents que je ne crains pas... Au revoir, grande souveraine, je cours fonder une feuille nouvelle. (Il sort.)

OSTENDE.

Pourrait-on savoir leurs noms ?

LA LIBERTÉ.

Ils vont te les dire eux-mêmes.

LA CLOCHE.

AIR : *Les cloches sont des bavardes* (Clapisson).

C'est la cloche qu'on me nomme,
On entend mon carillon ;
Je fais moins de bruit en somme
Que ne l'indique mon nom !
Je suis de la bonne roche
Je frappe sur tout, oui-dà,
Et si quelque chose cloche,
La cloche alors tintera.

CHŒUR.

Oui, la cloche,
Sans reproche
S'attaque à tout.
Et surtout
Ce qui cloche,
C'est la cloche
Qui l'attrapera partout!

LA LIBERTÉ.

La cloche a pris l'épée de Ferragus pour mieux ferrailler.

LA CLOCHE.

J'ai essayé de faire le bourdon ; mais je n'ai pas aussi bien réussi que je l'espérais, et cependant tout sur terre ne marche-t-il pas, grâce à la cloche ?

Air : *de Carlo Carlin.*

Le chemin de fer a sa cloche,
En pension on sonne la cloche,
Pour le coucher, un coup de cloche,
Pour le lever deux coups de cloche,
Pour le dîner, c'est une cloche,
Le feu prend, on sonne la cloche,
Dans l'église on aime les cloches,
On se marie au bruit des cloches.
Nous avons eu les chapeaux-cloches ;
A cloch' pied on march' quand on cloche...
Quand on se brûle on a des cloches.
      (Frappant sur l'épaule de père Pierre.)
On met tous les melons sous cloches.

PIERRE.

Est-ce une personnalité?

ENSEMBLE.

Oui, la cloche,
      Etc., etc.

PIERRE.

Je vois que c'est une personnalité.
              LA CLOCHE.
Parbleu, je ne vis que de cela...
              PIERRE.
Vos excuses me suffisent.
              LE GAULOIS, entrant.
Ne vous disputez pas.
              PIERRE.
Qui êtes-vous donc?
              LE GAULOIS.
Le Gaulois.
              PIERRE.
Son titre l'oblige à être spirituel.
              L'ANNONCE.
C'est encore moi qui l'ai lancé. Petit poisson est devenu
grand. Ah! dame! il a un nom lourd à porter.
              OSTENDE.
Ça, c'est vrai.

Air : *du luth galant.*

Les Francs, dit-on, envahir'nt autrefois
La Gaule, et prirent le nom de Gaulois.
A ce nom glorieux, il a droit de prétendre,
Il voudrait envahir tout et voudrait tout prendre,
Il veut qu'on dise : il a de l'esprit à revendre.
      C'est donc un vrai Gaulois,
      Il a l'esprit gaulois.

L'ANNONCE.

Pour arriver il s'est donné beaucoup de *Pène*, mais de res-
sources il n'est jamais *A bout*, car son coulissier de tous est
Le Roy...
              PIERRE.
Alors il a trop *Tarbé* à se montrer.
              LA VEILLEUSE.
Moi, je suis sa camarade. On me trouve toujours à côté
de lui, sur la table de nuit.
              PIERRE.
Ah! bien, j'y suis; vous êtes...
              LA VEILLEUSE.
Non, ce n'est pas ce que vous croyez. Je suis une feuille
merveilleuse, comme maman.
              PIERRE.
C'est juste; votre maman était une *mère veilleuse*.
              LA LIBERTÉ.
Veux-tu te taire!...
              PIERRE.
Ah! ben, si on ne peut plus rire, je m'en vais.
              LE LAMPION,
Restez donc, monsieur.
              PIERRE.
Qui êtes-vous donc?
              LE LAMPION.
Je suis le Lampion.
              PIERRE.
Enchanté de faire votre connaissance! Vous devez bien
fumer de ne plus illuminer les fêtes ?
              LE LAMPION.
Aussi, ne brûlant sur mes ifs, ai-je voulu briller aux yeux
de mes concitoyens d'une autre façon.

Air : *d'Orphée aux enfers.*

Des lampions! (*bis.*)
Cett' chanson fut faite
Pour chanter jadis dans chaqu' fête.
Des lampions! (*bis.*)
En joyeux champions,
Nous répét'rons
Tous' des lampions!

I

Moi, qui ne suis pas un bélître,
Éclairant la situation,
J'ai choisi cet aimable titre,
Et m'intitule : le lampion...

Demandez : Le Lampion, petite brochure, nature pure,
pleine de désinvolture, avec une peinture.

REPRISE.

Des lampions!
      etc.

PIERRE.

II

Jadis quand j' faisais mes études,
J'avais pour maître un pauvre pion;
Il était lent par habitudes
Et je l'appelais: Le lent pion!...
      (Parlé et riant.) C'est encore de moi celui-là.

REPRISE.

Des lampions!
      etc.

              LE LAMPION.
J'ai fondé en outre. (Très-vite.) L'Éteignoir, la Lampe carcel,
le Modérateur, le Bougeoir, la Mouchette, le Candélabre, le
Flambeau, le Coupe-mèche, la Chandelle... Enfin, tout ce qui
a rapport à l'éclairage en général, et à la littérature en par-
ticulier. (On entend le petit Figaro chanter dans la coulisse.)

            Troula la,
            Troula la,
            Troula, troula
            Troula la.

              LE PETIT FIGARO, entrant.
Tiens, on s'amuse ici, et je ne suis pas de la fête.
              PIERRE.
Qui êtes-vous, mon jeune ami ?
              LE PETIT FIGARO.
Moi, je m'appelle Arnest, ça se prononce Ernest... Tu me
reconnais, n'est-ce pas?
              PIERRE.
Non, pas positivement.
              LE PETIT FIGARO.
C'est moi qu'est le petit Figaro illustré...
              OSTENDE.
Et illustre en même temps.
              LE PETIT FIGARO.
Dame! j'ai de qui tenir.
              OSTENDE.

Air : connu.

L' Grand Figaro, c'est son père,
      Y peut l' dire ici.
Comme lui-même il sait plaire,
      Partout c'n'est qu'un cri!
Il est p't'êtr' taquin, colère,
      Mais, l'esprit ardent,
Il est tout l'portrait de son père.

              PIERRE.
Quel co... quin d'enfant !

              LE PETIT FIGARO.
J'ai des images de toutes les façons... des vieux dessins,
des vieux vers, de vieilles histoires; mais j'ai tant d'esprit
que je rajeunis tout ça...
              OSTENDE.
Si un monsieur fait une découverte quelconque, crac! il
reproduit son portrait... S'il ne l'a pas sous la main, il met
celui de son concierge, et tout le monde crie à la ressem-
blance...
              LA LIBERTÉ DE LA PRESSE.
Et puis, n'a-t-il pas pour parrains les noms aimés du Grand
Figaro?...

Air : *Du petit carré Marigny.*

Comme il est un faible roseau,
Près d'un gros chêne vite ou l'amène;
On met toujours auprès *du chêne*
Le pauvre petit arbrisseau !
Puis, pour soutenir sa faiblesse,
Il s'appuie au pied d'un *rocher,*
Et pour commencer sa richesse
Un grand *Richard* vient le chercher !
A tous, il dit, soir et matin,
La vérité... l'on peut le lire
Car il ne met pas pour la dire
La moindr' pair' de gants *Jouvin.*
Il est candide en sa critique,
Mais il ne croit pas être sot.
Ni vil, car jamais sa chronique
Ne laissa passer un *vil-mot.*
Plus d'un méchant sur lui bavait
Quand il naquit, mais il s'en fiche,
Il se moque, étant déjà riche,
De celui qui sur lui *Blavet* !
Puisqu'aux à peu près je m'arrête,
Disons que, dans nos mois épars,
Le mois à qui chacun fait fête,
Est constamment le mois de *Marx.*
Il cite de certain docteur
Le fin dictionnaire avec joie,
Car Grégoire au fond du *Ver—noie*
Et chagrins et peines de cœur.
Pour les théâtres, il confesse
Qu'à *Jules* revient l'encensoir ;
Pour les nouvelles, il est sans cesse
Prêt-vel-ocipède du soir !
Wolf, par loup, dit-on, se traduit;
Mais cela manque de justesse,
Du renard il a la finesse
De même qu'il en a l'esprit !
Lockroy chronique à sa manière,
Il déploie esprit sans égal;
Toujours *Lockroy* et la bannière
C'est l'oriflamme du journal.
Aussi le *Petit Figaro*
Grâce à ses parrains, peut, j'espère,
Faire aussi le tour de la terre,
Sans que sur lui l'on crie : Haro !

PIERRE.

Tout cela est très joli; mais vous n'êtes pas neufs...

PREMIER PARIS.

C'est vrai; aussi nous nous rattrapons sur les méchancetés que nous débitons.

LES FAITS DIVERS.

Et nos duels?...

LE FEUILLETON.

Ah! dame! Il ne faut pas nous échauffer les oreilles.

LA CHRONIQUE.

Et même entre nous, nous ne badinons pas...

PREMIER PARIS.

Je n'ai qu'à dire à madame, (Elle montre la chandelle.) que c'est une intrigante, sans honneur, crac! elle me répond...

LES FAITS DIVERS.

Que tu as menti...

TOUS, mettant l'épée à la main.
Et nous ajoutons, en garde!...

LA LIBERTÉ.

Arrêtez!... arrêtez!

Air : *de fanchon.*

I

Pourquoi ce bavardage
Et pourquoi ce tapage
Que l'on fait après chaque écrit?
Là, n'est pas le courage
Quand la colère nous conduit.
Battez-vous avec rage,
Mais avec votre esprit.

ENSEMBLE.

Battez-vous avec rage,
Mais avec votre esprit.

II

A quoi sert une injure
Qui laisse une souillure
Sur l'offensé qui la subit?
Vrai, c'est contre nature
De vouloir tuer un ami.
La plume est bien plus sûre,
C'est l'arme de l'esprit.

ENSEMBLE.

La plume est bien plus sûre,
C'est l'arme de l'esprit.
Tous les journaux redescendent la scène en disant :

Vive la liberté de la presse ! (Rideau.)

ACTE DEUXIÈME

Cinquième Tableau

Une vue des buttes Chaumont. Bouquets d'arbres, chaises et bancs.

DISTRIBUTION DE L'ACTE DEUXIÈME

LE PÈRE PIERRE.........................	MM. MONTROUGE.	LE THERMOMÈTRE.......................	Mmes LYDIE.	
PIERROT, pompier.......................	PAUL-LEGRAND.	MARTHA......		MACÉ-MONTROUGE.
LE DIRECTEUR DE THÉÂTRE..............	AUGUSTIN.	ANGÉLA...... } femmes libres..........		MÉRALDA.
UN TROUPIER...........................	GATINAIS.	FÉLICIE.... }		DESCHAMPS.
LE BOMBAYO...........................	LÉON NOEL.	LOULOUTTE.		BERTHE.
MANON, l'écaillère....................	Mmes MACÉ-MONTROUGE.	UN GARDE MOBILE..........		DADE.
OSTENDE.............................	MARIE JOLLY.			

ÉCAILLÈRES ET POMPIERS, TOUTE LA TROUPE.

SCÈNE PREMIÈRE

PIERRE, OSTENDE.

PIERRE.

S'il y a du bon sens de faire courir quelqu'un par une chaleur aussi grande. Aïe! je n'en puis plus et je refuse d'aller plus loin.

OSTENDE.

C'est bon, on s'arrête. Ah! j'étouffe, qu'elle chaleur tropicale. (Elle s'évente.)

PIERRE.

Beaucoup trop picale. Dire qu'il y a un siècle qu'on n'a éprouvé à Paris une chaleur comme celle de 68.

Air : *de Saltarello.*

En l'an onz' cent il fit très-chaud,
En douze cent encor plus chaud,
En treize cent il fit bien chaud,
En quatorz' cent il fit fort chaud,
En quinze cent il fit chaud, chaud,
En seize cent encor plus chaud;

En dix sept cent, un bien grand chaud.
Mais où l'on eut vraiment très chaud,
C'est en dix huit!
Cent soixante huit.
Ah! grand ciel, qu'il a fait chaud.

Saluant.

Il est de moi celui-là.

OSTENDE.

Aussi, venons nous chercher un peu de zéphir sur les buttes-Chaumont.

PIERRE.

En effet, tel est notre but. (Il fait sonner le T.)

OSTENDE.

C'est un parc ici, n'est-ce pas?

PIERRE.

Oui, seulement ça se prononce square ou squere.

OSTENDE.

C'est égal, il fait aussi chaud qu'en bas...

PIERRE.

Et le thermomètre monte toujours?...

SCÈNE II

Les Mêmes, LE THERMOMÈTRE.

LE THERMOMÈTRE, entrant.

Toujours!... la preuve, la voilà!

PIERRE.

Lui! Ah! il est charmant.

LE THERMOMÈTRE.

Le Thermomètre de l'Ingénieur...

PIERRE.

Chevalier, pas un mot, pas un geste!...

LE THERMOMÈTRE.

Comment? mais je vais monter encore.

PIERRE.

Arrête, malheureux! Il y a des degrés dans tout.

LE THERMOMÈTRE.

On me paie pour le savoir.

OSTENDE, regardant à un thermomètre figuré sur la poitrine du personnage.

35, degrés.

PIERRE, retenant Thermomètre...

Et il veut monter encore...

LE THERMOMÈTRE.

C'est mon devoir...

PIERRE.

36!

LE THERMOMÈTRE.

37!... 38!...

OSTENDE.

Ce sont les huîtres, mes anciennes camarades qui ne doivent pas être fraîches.

PIERRE.

38 degrés au soleil... de grâce!... arrêtez-vous.

LE THERMOMÈTRE.

Je n'y puis rien.

Air: *Oui je suis grisette.*

I

Qui dit Thermomètre
Dit : mètre de la chaleur.

OSTENDE.

C'est assez en mettre,
Parole d'honneur.
Modérez vot' course
Ou Paris est mort.

PIERRE.

N'fais monter qu'la Bourse.
La banque et l' trésor.

PIERRE et OSTENDE.

ENSEMBLE.

Qui dit Thermomètre
Dit : mètre de la chaleur,
C'est assez en mettre
Parole d'honneur.

LE THERMOMÈTRE.

Hier un charmant'dame,
Mourant d'chaud vraiment,
Criait, j'vais rendr' l'âme,
J'fais mon testament.

PIERRE.

Si j'étais mon maître,
J'fr'ais voyant tout c'qui s'écrit,
Monter l'thermomètre
Du goût et de l'esprit.

ENSEMBLE.

Si j'étais mon maître,
S'il était son maître,
J' frais voyant tout c'qui s'écrit,
Il f'rait voyant
Monter l' thermomètre.
Du goût et d' l'esprit.

LE THERMOMÈTRE.

Si vous croyez que ça m'arrange la santé, le métier que je fais... Passer à chaque instant d'une température à une autre... Tantôt aux petits pois, tantôt aux vers à soie... Aujourd'hui à la Chaleur humaine, demain au Sénégal... aussi à chaque instant, mon embarras transpire.

PIERRE.

Et vous faites comme votre embarras...

OSTENDE.

Que ne descendez-vous un peu?

LE THERMOMÈTRE.

Au fait, je dirai que j'étais à l'ombre.

PIERRE.

Ah! il fait un peu plus frais!

LE THERMOMÈTRE.

Trois degrés de moins, c'est bien peu.

PIERRE.

Aussi me faudrait-il quelque chose pour me garantir le teint.

SCÈNE III

Les Mêmes, LE BOMBAYO.

BOMBAYO, entrant.

Pour vous garantir le teint, voilà...

Air : *Danser canada.*

Je suis l'Bombayo
Et dis bien haut,
Ach'tez mon chapeau,
Vite, chaud, chaud!

ENSEMBLE.

Etc.

LE BOMBAYO.

Le Bombayo,
Ce chapeau
Nouveau,
Est très comme il faut.
Car il n'est pas chaud ;
Le Bombayo,
Ce chapeau peu chaud
Est pour le badaud.
Vraiment rigolo.
Je suis Bombayo.
Il est

Etc.

PIERRE.

Un chapeau étranger?

BOMBAYO.

Tout ce qu'il y a de plus étranger.

PIERRE.

Je me méfie. J'ai connu des Panamas de trente sous qui avaient coûté trente mille francs.

BOMBAYO.

Ceci est le Bombayo colorado, garantizado, provenance de Kikikoko.

OSTENDE.

Où est ce pays?

BOMBAYO.

Entre-Buénos-ayres et Sainte-Menehould. Le Bombayo est le suprême bon genre de l'année... et quant au prix.

Air. *Le vin a quatre sous.*

C'était d'un bon marché
Dont vraiment rien n'approche.
L'argent de la sacoche
Vite était déniché.

Chacun était touché.
Et fouillait à la poche !
Dans chaque rue on entendait
Quelque marchand qui répétait
Ce cri perçant et tout nouveau,
Achetez donc un Bombayo.
Tiens c'est pas douz'sous,
C'est pas onz'sous,
C'est pas mêm' dix sous,
Pas mêm' neuf sous,
C'est pas huit sous,
C'est pas sept sous,
C'est pas six sous,
C'est pas cinq sous,
C'est pas quatre'sous,
C'est pas trois sous,
J'les vends tous,
Combien? deux sous,
Demandez dix centim's trois sous.

PIERRE.

Comment, dix centimes, trois sous.

LE THERMOMÈTRE.

C'est un nouveau moyen on prononce dix centimes, et l'on fait payer trois sous.

BOMBAYO.

En voulez-vous un?

PIERRE.

Avec plaisir... Trois sous, c'est dans mes eaux.

BOMBAYO.

Voilà.

PIERRE, mettant le chapeau.

Je suis coiffé de son bon marché.

BOMBAYO, tirant un voile.

Ajoutez-y ceci, ça le rendra encore plus frais.

OSTENDE.

Un voile vert, c'est pour moi.

LE THERMOMÈTRE.

Du tout, pour monsieur.

BOMBAYO.

L'homme se féminise, jetons un voile sur lui (Il lui met le voile et lui donne une ombrelle.) Et armons-le d'une ombrelle :

AIR : *Fleuve de la vie.*

Oui l'homme à présent, dans la rue,
Au bois ou devant Tortoni,
Porte un voile, une ombrelle écrue
Et fait le badin, le joli.
Messieurs, ce sont là des vétilles,
Luttez mieux d'excentricités,
Derrière votre dos mettez
Des suivez-moi, jeun's filles !

ENSEMBLE.

Des suivez-moi, jeun's filles.

PIERRE.

C'est une coiffure charmante; permettez-moi de vous coiffer, gentil thermomètre.

BOMBAYO.

Maintenant, voulez-vous que je vous fasse jaillir du sol un puits instantané?

PIERRE.

Je ne vois pas en quoi ça rentre dans la chapellerie.

BOMBAYO.

Aujourd'hui on vend de tout; les magasins de nouveautés vendent des bottes, des parapluies, prochainement ils vendront des brioches; quant à présent, ils en font! le commerce est universel.

PIERRE.

Soit! va pour un puits artésien.

BOMBAYO.

Non instantané.

PIERRE.

Quelle différence y a-t-il?

BOMBAYO.

Une énorme.

AIR : *de Lauzun.*

Autrefois le puits artésien
Sortait d'un trou fait dans la terre;
L' Puits instantané... suivez bien,
Sort de terr' quand l'trou vient d' se faire.
L' puits artésien est très-profond,
L'autr' l'est autant.

OSTENDE.

Quell' différence?

BOMBAYO.

La différence, c'est le nom !

OSTENDE.

Vous êtes un vrai puits de science.
Vrai, ces puits près de vous ne sont
Rien, car vous êt's un puits de science !

(Parlé.) Je préférerais une glace à toute votre eau de puits...

BOMBAYO.

Vanille ou citron ?... 3 francs, à cause de la sécheresse.

OSTENDE.

3 francs, une glace !

PIERRE.

Avec le cadre, alors?

BOMBAYO.

Du tout, sans cadre...

PIERRE.

J'aime mieux un simple verre de bière.

LE THERMOMÈTRE.

Quant à moi, je cours au boulevard des Italiens, où un concurrent vient d'exposer un thermomètre à congélation. Le drôle n'a qu'à bien se tenir... ou sinon...

PIERRE.

Ne vous mettez pas en colère, ça vous ferait encore monter...

BOMBAYO.

Et moi, je vais porter au Prophète le solde de mes chapeaux, avant qu'il ne soit *Duvalisé.*

ENSEMBLE.

AIR : *du Palanquin* (Barbe-Bleue.)

Remettons-nous en chemin.
Remettez-vous
En chantant un gai refrain.
Car, oui dà
Tra la la
Tout cela
Nous rafraîchira.

Ils sortent par la droite en se donnant le bras. L'orchestre continue en sourdine l'air de l'ensemble jusqu'à ce que l'on reprenne celui des Pompiers de Nanterre.

SCÈNE IV

PIERRE, OSTENDE, puis PIERROT-POMPIER.

OSTENDE.

Tiens ! quel est ce pompier qui se dirige par ici ! Serait-ce le spectre de Mangin? Non, c'est un pâtissier.

OSTENDE.

Il vend des gâteaux...

Pierrot entre en costume; il a un casque et une ceinture de pompier, et un bouquet de fleurs d'oranger à la boutonnière. Il porte des gâteaux de Nanterre sur une serviette et en offre à Pierre.

PIERRE.

Des gâteaux de Nanterre, je n'en use pas, ils sont rassis.

Pierrot indique qu'ils sont tout chauds et fait mine de se brûler. Il les offre à Ostende.

OSTENDE.

Merci, ça m'étoufferait.

Pierrot semble dire : Si vous n'en voulez pas, n'en dégoûtez pas les autres, et il les avale avec force contorsions, comme s'ils avaient du mal à passer.

PIERRE.

Allons bien ! le voilà qui mange son fonds. (Musique : air des Pompiers de Nanterre.) Qu'est-ce que c'est que ce particulier-là ?

Pierrot va chercher une chaise et veut faire asseoir Pierre.

PIERRE.

Merci je ne suis pas fatigué.

Pierrot met une serviette au cou de Pierre.

PIERRE.

C'est inutile, je ne veux pas manger. (Pierrot tire un rasoir et va pour lui faire la barbe.) Allons, bien... il me rase... il me rase !... (Pendant ce dernier jeu de Pierre, l'orchestre a joué en sourdine le refrain des pompiers de Nanterre. Pierre trépigne et se démène... Ostende rit aux éclats. Après quoi Pierrot resserre gravement ses bibelots et sort en faisant un profond salut... Pierrot reparaît et fait geste de recommencer.) Ah ! non ! non !... assez... quel raseur ! (Pierrot sort définitivement en dessinant un pas.)

SCÈNE V

PIERRE, OSTENDE, puis MARTHA, ARTHÉMISE, ANGÉLA, FÉLICIA, LOULOUTE.

(On entend dans la coulisse :) A bas les hommes! vive le jupon!

PIERRE.

Qui vient là?

OSTENDE.

Ce sont des femmes. (Les quatre femmes entrent. Martha porte une culotte attachée à une hampe en guise de drapeau.)

AIR : *Les hussards de la garde.*

Connaissez-vous les femm's de la Redoute
Le ci-devant club du bal Pilodo?
Rien qu'à les voir, d'avance on les redoute,
De l'hyménée ell's repouss'nt le fardeau.

PIERRE.

J' vois qu'il n' faut pas que l'on vous asticote,
Vous n'êt's pas femm's à subir un affront
Mais si maint'nant, vous portez la culotte!
Je n' vois que trop c' que vos maris port'ront.

ENSEMBLE.

Connaissez-vous etc.,

OSTENDE.

Ah! vous êtes?...

MARTHA.

Des femmes libres...

PIERRE.

Libres!... Alors on peut prendre des libertés avec vous?

FÉLICIA.

Dans le jour, quelquefois.

ANGÉLA.

Mais le soir, bernique!...

LOULOUTE.

Le soir tout au droit...

ARTHÉMISE.

Tout au devoir...

PIERRE.

Comprends pas...

MARTHA.

De huit à onze heures, nous sommes oratrices.

ANGÉLA.

Ou orateuses.

FÉLICIA.

Nous faisons des déclarations.

PIERRE.

Ne vous gênez pas avec moi, madame n'est pas mon épouse.

LOULOUTE.

La déclaration des droits de la femme.

MARTHA.

Oui, les droits de la femme, car elle est tout, l'homme n'est rien.

PIERRE.

Cependant?

MARTHA.

Rien! à qui dois-tu ta mère? à la femme, — ton épouse? à la femme, — ta garde malade? à la femme, — tes enfants? à la femme!...

PIERRE.

Ah! ça mais l'homme est bien pour quelque chose dans tout cela.

MARTHA.

Pour bien peu. Maintenant nous lui réservons toutes le corvées, tous les ennuis du ménage, etc., etc., etc.

PIERRE.

Eh bien! vous êtes gentilles pour nous.

LES FEMMES.

Taisez-vous, à bas les hommes!

MARTHA.

La femme a seule droit de parler.

PIERRE.

Ah ça! je ne dis pas non, il y a même déjà longtemps que ça existe?

LES FEMMES.

Assez! assez! à la porte!

MARTHA.

Je demande la parole.

PIERRE.

Sapristi! vous n'avez pas besoin de la demander

MARTHA.

Qu'est-ce qui me tient mon drapeau?

LES TROIS AUTRES FEMMES.

Moi, moi, moi!

PIERRE.

Ça me connaît... Je vais vous le garder. (Il le prend.)

AIR : *Simple soldat.*

Ne craignez rien, respect au droit nouveau,
Au droit sacré des laides... et des belles;
S'il vous fallait même un second drapeau,
J'arracherais sur-le-champ mes bretelles!
Bravant ici comm' vous l' qu'en dira-t-on;
De vos lauriers j' partag'rai la récolte...
Mais!.. pardon...
Il manque un bouton
A l'étendard de la révolte. (bis.)

MARTHA.

Si vous croyez que nous allons le recoudre, vous vous fourrez joliment le dé dans l'œil.

FÉLICIA.

Plus de sujétion humiliante...

LOULOUTE.

A bas le pot au feu!

ARTHÉMISE.

Mangeons-le... Mais ne le faisons pas.

ANGÈLE.

Vivre libre et courir.

TOUTES LES FEMMES.

Oui, c'est ça!

MARTHA.

Je redemande la parole.

OSTENDE.

Donnez-nous une idée des conférences de la Redoute.

MARTHA.

Je prends donc la parole et je monte à la tribune.

PIERRE.

C'est inutile.

MARTHA.

Mes chères sœurs en liberté!

TOUTES.

Bravo! bravo! (Elles claquent dans leurs mains.)

PIERRE.

A bas la claque!...

MARTHA.

Toutes les femmes doivent être égales et avoir les mêmes prérogatives que le sexe masculin.

TOUTES.

Bravo! c'est cela, vivent les femmes. Bravo! bravo!!

MARTHA.

RONDEAU.

AIR : *de Déjazet.*

Femmes, luttons; dans le siècle où nous sommes
Serrons nos rangs en nous donnant la main.
Sans hésiter crions : A bas les hommes!
Le féminin dompte le masculin!
Convenons-en, nous étions par trop sottes
En respectant ces maris si félons!
De nous laisser, en portant les culottes,
Faire la loi par d'affreux pantalons.
Nous n'irons plus en femmes de ménage
Chez les marchands discuter avec feu
Pour diminuer deux sous sur un fromage,
C' qui fait qu'on nous appelle pot-au-feu.
Révoltons-nous! Allons, séchons nos larmes!
Montrons du cœur, vengeons-nous de ces gueux.
Et s'il le faut, eh bien! prenons les armes,
A la frontière allons aussi bien qu'eux.
Craignez-vous donc que l'ennemi nous cogne?
(Se tapant la poitrine.)
Il verra bien que nous avons de ça.
Moi, pour ma part, j'avoue, et sans vergogne,
Qu'au grand jamais un homm' ne m'effraya.
Renversons tout, mode, usage, principe :
Pour faire un code il n'est jamais trop tard.
Dans les cafés allons fumer la pipe,
Boire l'absinthe et jouer au billard.
Ne laissons plus les enfants à leur mère,
Que nos époux sach'nt les faire jouer.
Quand il faudra les allaiter, j'espère

Qu'ils ne sauront à quel saint se vouer !
A quoi, d'ailleurs, servent-ils sur la terre ?
Ils ne sont bons à rien, les malheureux !
Et sans la faute d'Ève notre mère,
Bien franchement nous nous passerions d'eux.
Femmes, luttons, etc., etc.

Croiriez-vous que, dernièrement, mon mari voulait savoir pourquoi j'étais allée chez ma corsetière ?

LOULOTTE.

Les hommes n'ont rien à voir là-dedans.

PIERRE.

Je ne suis pas de c'tavis-là.

ARTHÉMISE.

Les hommes ont des cocottes, nous aurons des cocos.

ANGÉLA.

Ils font courir, nous courrons.

PIERRE.

Il me semble que ça ne va déjà pas mal comme ça.

MARTHA.

L'homme nous a trop abaissées, supplantons-le! Faisons-
nous avocates, notairesses, sapeuses et médecines.

PIERRE.

Si vous vous faites médecines, ça ira tout seul.

LES FEMMES.

Vivent les femmes !

PIERRE.

Eh bien ! et moi, qu'est-ce que je vais devenir !

MARTHA.

Faites-vous nourrice.

PIERRE.

Ce n'est pas le lait qui me manque. J'y réfléchirai.

MARTHA, se levant.

Et là-dessus jurons de rester fidèles à notre drapeau... et
de porter la culotte !

LES TROIS FEMMES, se levant.

Nous le jurons!

MARTHA.

AIR : de L'Éveillé.

A bas nos tyrans! c'est trop bête!
Au besoin nous taperons d'ssus!
Repriser encor leurs chaussettes!
Non! ne les raccommodons plus !
Les femmes! c'est tout au total.
Mettons-les sur un piédestal :
C'est le beau, c'est le vrai, l'idéal,
L'homme est un animal !

REPRISE DE L'ENSEMBLE.

Les femmes, c'est tout, etc.

MARTHA.

Ces messieurs vont faire leur bézigue,
Leur piquet ou leur domino...
Ces messieurs conduis'nt une intrigue,
Et nous nous croquons le marmot.

REPRISE ENSEMBLE.

Les femmes, c'est tout au total !
Mettons-nous
Mettez-vous sur un piédestal !
C'est le beau, c'est le vrai, l'idéal !
L'homme est un animal.

LES FEMMES.

A bas les hommes ! (Elles tombent sur Pierre)

PIERRE, se débattant.

Mais c'est la fin du monde.

ENSEMBLE.

AIR : J'étouffe de colère.

J'étouffe de colère
Et j'exige vraiment
Que la femme sur terre
Gouverne à tout moment ;
A tout, à tout, à tout moment.

(Cris au dehors.)

Prenez garde! prenez garde!

TOUS.

Qu'y a-t-il?

OSTENDE, qui regarde.

Un homme furieux, le pistolet au poing.

PIERRE.

C'est mon sauveur.

LES QUATRE FEMMES.

Sauve qui peut !...

REPRISE ENSEMBLE.

Les femmes, c'est tout, etc.

(Elles sortent d'un côté, le directeur entre de l'autre.)

SCÈNE VI

PIERRE, OSTENDE, LE DIRECTEUR, entre de gauche.

LE DIRECTEUR, il porte au cou l'écriteau : (Relâche) et tient
d'une main un pistolet.

Ah! les lâcheurs !... ils m'ont reconnu... (prenant Pierre
au collet.) Ah! j'en tiens un !

PIERRE, se dégageant.

Mais, je ne tiens pas du tout à ce que vous me teniez...
lâchez moi donc !

OSTENDE.

Qu'est-ce que vous demandez ?

LE DIRECTEUR.

Un spectateur.

PIERRE et OSTENDE.

Ah! c'est un Directeur de théâtre?

LE DIRECTEUR.

Hélas !... (Ouvrant son habit.) Et voilà où la chaleur me ré-
duit.

PIERRE et OSTENDE, lisant.

Relâche!

LE DIRECTEUR.

AIR : La claque la claque.

Relâche (bis),
Voilà le cri quand il fait chaud.
J' m' fâche, (bis).
Changez ce mot.

I

J'connais un malin qui f'sait l'crâne,
Sur lui, j'ai risqué c' coq-à-l'âne :
Au premier cartel qu'il reçut
Il se montra lâche et s'en fut,
Mais la s'cond' fois il fut
Relâche (bis). etc, etc.

OSTENDE.

II

Un vieil époux prend jeune femme,
Soyez galant, lui dit la dame ;
Mais quand elle press' son mari
Avec elle d'être gentil,
Il lui répond ainsi:
Relâche, (bis).
Vraiment ma chère il fait trop chaud.
etc.

PIERRE.

III

A Nanterre, l'anné' dernière,
On veut élire une Rosière :
L'adjoint fouille tout le canton.
A quand la rosier' lui dit-on ?
Et lui piteux, répond :
Relâche, (bis.)
etc.

LE DIRECTEUR.

Mais ça ne peut pas durer comme ça... il me faut du public à tout prix... prenez ces deux places.

PIERRE.

Merci ! on étouffe dans vos stalles.

LE DIRECTEUR.

Erreur, une température de cave...

PIERRE.

Une température de four...

LE DIRECTEUR.

Ne m'insultez pas ! Tenez, dix francs les deux places,
moins cher qu'au bureau...

PIERRE

Je n'en veux pas pour rien...

LE DIRECTEUR.

En ce cas, je vous les donne...

PIERRE.

Bien obligé.

LE DIRECTEUR.

Prenez-les, vous dis-je!... (Le menaçant de son pistolet.) Ou je vous brûle la cervelle.

PIERRE.

J'aimerais mieux qu'il me brûlât la politesse.

LE DIRECTEUR.

Mais, malheureux! vous n'avez donc pas vu quels billets je vous offre? Deux places dans une baignoire... et une vraie baignoire, encore!

PIERRE.

Y aura-t-il de l'eau dedans?...

LE DIRECTEUR.

Oui! voulez-vous que j'y fasse mettre du son!...

PIERRE.

Allez au diable!

LE DIRECTEUR.

Ah! c'est comme ça... Eh bien, vous inaugurerez mon théâtre d'été malgré vous. (Il cherche à s'emparer de lui.)

PIERRE, l'évitant.

Ne me touchez pas!...

LE DIRECTEUR, même jeu.

On changera l'eau à chaque entr'acte.

PIERRE,

Je crie au feu!

LE DIRECTEUR.

On y mettra de la glace.

PIERRE.

A l'assassin!...

ENSEMBLE

Air: *Ah! quelle triste aventure.*

Oui, la chose est nouvelle,
J'en suis tout harassé.
Il en est
Voilà ce qu'on appelle
Un spectacle forcé.

OSTENDE, criant.

Au secours! à l'aide!... ah! voilà un garde mobile.

LE DIRECTEUR.

La garde? je me sauve! car je ne peux plus la voir en face, depuis qu'elle refuse d'entrer dans ma salle. Au revoir. (Il sort.)

REPRISE DE L'ENSEMBLE.

PIERRE.

Je ne suis pas fâché qu'il se soit sauvé, il est enragé ce directeur de théâtre.

OSTENDE.

Ils sont tous comme ça, lorsqu'ils n'ont pas de monde.

SCÈNE VII

PIERRE, UN GARDE MOBILE, OSTENDE, puis PIERROT-POMPIER.

LE GARDE MOBILE, dans le nouvel uniforme.

Air: *de la Casquette.*

As-tu vu la casquette (*bis.*)
As-tu vu, la casquette,
Que j'ai perdue.

OSTENDE.

Oh! le joli soldat!

LE GARDE.

Vous trouvez, la belle enfant.

PIERRE.

La nouvelle garde mobile, et son nouvel uniforme.

LE GARDE.

Vous avez crié, au secours?

OSTENDE.

Grand merci, nous n'avons plus besoin de vos services.

LE GARDE.

Je le regrette... (Montrant son fusil.) Grâce à ce nouveau fusil, vous n'avez plus rien à craindre.

OSTENDE.

Quelle est cette nouvelle arme?

LE GARDE.

Un fusil de mon imagination, chacun invente le sien aujourd'hui.

PIERRE.

Et ça se nomme?

LE GARDE.

Le fusil à tabatière... En usez-vous? (Il présente la baïonnet.)

PIERRE.

Volontiers. (Prisant.) Tiens, il est à la fève... mais c'est une plaisanterie, en temps de paix, vous mettez du tabac, en campagne, vous le remplacez par de la poudre.

LE GARDE.

Du tout, mon fusil est présentement chargé.

OSTENDE, riant.

Quelle charge!

PIERRE.

Sapristi! si mon nez allait faire explosion!

LE GARDE.

Il n'y a pas de danger.

PIERRE.

Ah! tant mieux, vous me rassurez, et vous nommez votre invention le fusil à tabatière, parce que dès que vous visez un homme. Il est à bas.

OSTENDE, avec reproche.

Oh! compère!

LE GARDE.

Ne plaisantez pas avec les choses sérieuses. Je vais vous offrir un exemple de l'utilité de ma découverte.

PIERRE.

Fournissez, joli garde.

LE GARDE.

Garde à vous! portez-arme! apprêtez-arme! joue! feu! (Il tire un coup de fusil.)

PIERRE.

Air: *Je m'en moque.*

J'éternue!

OSTENDE.

J'éternue!

LE GARDE.

Pristi!
J'éternue aussi.

OSTENDE.

Atchi!

LE GARDE.

Atchi!

PIERRE.

Et ma vue,

OSTENDE.

Et ma vue,

PIERRE.

A je n' sais quoi d'obscurci.

OSTENDE.

C'est tout comme moi, merci!

PIERRE.

Je me sens ahuri...

OSTENDE.

J'ai l'œil tout ébloui...
Oui!

LE GARDE.

Maint'nant vous comprenez,
J'prends l'enn'mi par le nez.
Je lui donne la berlue,
Au lieu de s'entre-tuer
Chacun se met à s'écrier!
J'éternue.

OSTENDE.

J'éternue.

LE GARDE.

Atchi,
J'éternue aussi,
Dieu nous bénit.
Grâce à moi,
Plus de crainte et d'émoi,
Désormais
Le monde va priser la paix!

ENSEMBLE.

Ripaton, patti!
Atchi!
Bernique!
Ripaton, patti!
Ca pique
li!

PIERRE.

C'est très-ingénieux. (Se rapprochant.) Mais dites-moi, dans votre bataillon est-ce que tous les soldats sont aussi... gentiment confectionnés que vous?

LE GARDE.

Tous. Mais, faut-il vous l'avouer?

PIERRE.

Avouez, pendant que vous y êtes!

LE GARDE.

Je suis une demoiselle.

OSTENDE.

Une demoiselle.

PIERRE.

Une demoiselle libre, je m'en doutais.

LE GARDE.

Je fais partie d'un régiment, le régiment des...

OSTENDE et PIERRE.

Cot-co-dètes...

LE GARDE.

Précisément, dans lequel nous aimons la danse à la folie.

AIR: de Marianne.

A Mabill' lorsqu'une chanceuse,
Invente un pas original,
Comm' Finette ou la Blanchisseuse,
Ou telle autre au chic grand-ducal;
Pour un spectacle,
Sans autre obstacle,
On nous l'enlève, on la met au pinacle;
On nous en prive,
Donc il arrive
Qu'en même temps, notre public s'esquive.
Nous voulons, de façon habile,
Garder nos gloires désormais
Et nous nous f'sons soldats.

PIERRE.

Ah! mais,
Vous êt's des gard's Mabille.
Nous sommes
Ce sont des gard's Mabille!

LE GARDE.

Ce régiment des cotcodètes est un régiment à part.

PIERRE.

C'est une petite réserve pour le plaisir.

LE GARDE.

Oh! oui, car moi, je ne fais que danser et rire. (Polkant en face d'Ostende.) Oh! la danse, le galop, et le pas de Finette!

OSTENDE.

Mais je ne sais pas lever la jambe. (Elles dansent. Le Garde prend Ostende et polke avec elle.)

PIERRE.

Eh! bien, tu lèves comme ça la jambe?

OSTENDE.

Elle m'a échappé, je n'ai pas pu la retenir. (Le Garde sort.)

SCÈNE VIII

PIERRE, OSTENDE, puis LE TROUPIER.

PIERRE.

Voilà un régiment dans lequel je prendrais bien du service... avec des camarades aussi gentils...

OSTENDE.

Si tu continues, je te laisse seul à Paris, passer ta revue?

LE TROUPIER, arrivant avec une bombe.

Pardon, monsieur, madame, vous n'auriez pas vu Tapotte?

OSTENDE.

Comment est-elle?

LE TROUPIER.

C'est une grosse boulotte qu'a les cheveux rouges.

PIERRE.

Ah! vous arrivez de Châlons?

LE TROUPIER.

Juste, et je serche après elle pour l'embrasser.

PIERRE.

Vous arrivez du Mourmelon?

LE TROUPIER.

Melon, vou-même...

PIERRE.

Dites donc, fantassin!

LE TROUPIER.

Vous fachez pas et tenez-moi ceci un instant que je me repose. (Il lui remet une bombe.)

PIERRE.

Qu'est-ce que cette nouvelle gamelle?

LE TROUPIER.

C'est une nouvelle invention des plus surprenantes, je vous expliquerai ça tout à l'heure, tenez-la toujours.

OSTENDE.

Et vous cherchez Tapotte, votre payse?

LE TROUPIER.

Oui, charmante demoiselle, car voyez-vous, Tapotte, dont que je suis l'amoureux, c'est une cuisinière, qu'est mieux t'astiquée que toutes les mufleteries de la compagnie.

OSTENDE.

Et vous allez lui parler d'amour!

LE TROUPIER.

Avec les nouvelles manœuvres inventées récemment, voulez-vous que je vous en donne ici une réminis... une réminis... une réminis...

PIERRE.

C'est difficile à prononcer.

LE TROUPIER.

Tous les mots oùsqu'il y a des R, des S, des N et des I, je ne peux pas les désarticuler.

PIERRE.

Vous voulez dire une réminiscence.

LE TROUPIER.

... scence est le mot... que pour lors, vous allez voir la nouvelle façon d'aimer de l'armée française.

PIERRE.

Est-ce qu'il y a un règlement pour ça?

LE TROUPIER.

Non, mais que malgré nous, les nouvelles manœuvres se sont infiltrées dedans notre sentiment... comme un morceau de lard dans un fricandeau à l'oseille.

OSTENDE.

Si je m'en allais!

LE TROUPIER.

Au contraire, restez désormais et nonobstant, c'est vous que vous allez me servir pour la représen... représen... re-présen...

PIERRE, l'arrêtant.

Oui, oui, il y a encore des R et des R dans ce mot là... pour la représentation...

LE TROUPIER.

... tation, est le mot... vous y êtes... (Il se met à quatre pattes.) Chère Tapotte! écoutons d'abord si personne ne vient. (Il se met l'oreille sur le sol.)

OSTENDE.

Mais il vaut mieux causer assis...

LE TROUPIER.

Assis... que ça parallalyse, tous les sentiments intérieurs et incandescents. (Il se retourne et s'étend sur le dos.) Rechère Tapotte...

PIERRE.

Eh bien! qu'est-ce que vous faites donc là?...

LE TROUPIER, à Pierre.

Position du troupier en observation. Je regarde si un rival n'arrive pas en ballon non captif... (A Ostende.) Tu suis si je t'aime, je vous te tutoye, toujours comme si que tu vous étiez Tapotte...

OSTENDE.

Alors, vous m'aimez?

LE TROUPIER, se retournant et se couchant à plat-ventre.

Je t'adore...

PIERRE.

Qu'est-ce que c'est encore que cette manœuvre-là?

LE TROUPIER.

Histoire de guetter si l'ennemi n'arrive pas par le sous-sol

PIERRE.

Faites donc faire çà à la garde nationale! possible.

LE TROUPIER.

Oui, Tapotte, pour toi je me suis fait poyète, écoute le cri de l'âne... non de l'âme... que tu as inspiré à un joli soldat du 44e. (Il se relève.)

PIERRE.

Écoutons-ça!

LE TROUPIER.

AIR: De l'Eveillé.

I

Un fantassin aimait un' cuisinière,
Un' cuisinière aimait un fantassin;
Se marier était très-nécessaire,
A la mairie ils allèr'nt un matin.

Chez ses bourgeois la belle avait la soupe,
A la casern' l'troupier avait le bœuf,
Et leurs enfants, c'étaient des enfants d' troupe..
Ça vaut mieux qu'd'être célibataire ou veuf.

II

Se marier, c'est avoir double charge;
C'est très-joli lorsqu'on possède un sac,
Lorsqu'employé bien payé, l'on émarge,
Mais, hors de là, c'est cher, j'en ai le trac.
La cuisinière a son anse et son gage,
L'troupier sa paye et sa tunique Elbœuf.
N'pas vivre ensemble, on fait très-bon ménage...
Ça vaut mieux qu'd'être célibataire ou veuf.

III

Quand trop d'enfants viennent dans le ménage,
Vite, on en fait des troupiers pour l'État;
Y a pas besoin d'leur donner du courage ;
N'en a-t-on pas lorsque l'on est soldat?
Dans sa giberne il a, selon l'usage,
Un beau bâton de maréchal, tout neuf,
Y a tout profit de se mettre en ménage...
Ça vaut mieux qu' d'être célibataire ou veuf,

PIERRE.

Qu'est-ce que ça sent donc... ça ne sent pas bon... (Il cherche.)

LE TROUPIER.

Ah! je sais ce que c'est... c'est mon invention que vous échauffez avec les mains...

PIERRE.

Comment, je l'échauffe.

LE TROUPIER.

Oui, et elle pourrait bien faire explosion... méfiez-vous.

PIERRE.

Ah! ça, mais dites donc, reprenez-la bien vite.

LE TROUPIER.

Merci, je ne suis pas pressé... Ce que vous tenez là est une chose mirobolante, c'est une bombe asphyxiante et explosante... c'est tout ce qu'il y a de joli.

PIERRE.

Voyons, pas de bêtises, reprenez-la...

LE TROUPIER.

Ce n'est pas dangereux quand on la tient de la bonne manière, et vous n'avez pas la bonne.

PIERRE.

Je vais la jeter par terre alors.

LE TROUPIER.

Non, non donnez-moi ça... c'est égal, vous me regretterez moi et ma bombe. Adieu Bourgeois.

ENSEMBLE.

Pendant l'ensemble Pierre chasse le Troupier qui sort.

AIR : *Tant qu'il y aura.*

S'débarrasser d'ces machin's-là.
C'est choses peu facile ;
Car jamais on ne vit oui-dà,
Un pareil imbécile...
bécile.

Le Troupier sort à gauche, et le Pompier rentre à droite.

PIERRE.

Ah! encore lui, ah! le brigand! mais qu'est-ce que c'est donc que ce rasour-là ?

SCÈNE IX

LES MÊMES, MANON-L'ÉCAILLÈRE, puis POMPIERS et ÉCAILLÈRES.

MANON, entrant.

C'est la scie de l'année, la cascade à la mode, le crampon du jour, le fameux pompier de Nanterre.

PIERRE.

Mon écaillère de tantôt, j'aime mieux ça... Mais pourquoi ce pompier a-t-il un bouquet de fleur d'oranger ?

MANON.

Hommage à la vertu!... La commune aux petits gâteaux, ayant manqué de rosière... le pompier ci-présent a été couronné rosier...

OSTENDE.

De là ce bouquet.

PIERRE

C'est bien, jeune homme.

Ostende serre la main de Pierrot qui indique qu'il est un modèle de pudeur.

MANON.

Bah ! maintenant que la chanson en vogue a remis à la mode, les pompiers et les écaillères... à moi le ban et l'arrière-ban des futures recrues du prochain carnaval.

Entrée de tous les artistes, hommes en pompiers et femmes en écaillères.

Sixième Tableau

Les pompiers entrent du côté de Pierrot, les écaillères du côté de Manon.

TOUS, criant.

Ohé ! les autres ! ohé!

MANON.

Silence ! je vais vous dégoiser l'hymne national des Pompiers de Nanterre. (Seine-et-Oise), Paroles inédites, air archi connu!

AIR : *Des Pompiers de Nanterre.*

Déployons ici quelques pompes.
Pour chanter Nanterre et ses pompes,
Et ses pompiers à l'œil fripon.
A ces gaillards-là le pompon!
Aussi, l'cœur sur la main,
Maint'nant chaque écaillère
Fait l' voyag' de Nanterre.
Par le train
d'Saint
Germain.
Quand ces fiers pompiers,
Vont à la manœuvre,
Dans l'arrondiss'ment tout l' monde est sur pied
Leur pas gymnastique est un vrai chef-d'œuvre,
Ils ont un petit balancement qui vous séduit.
T'zin, la, ila,
L'clairon pour orchestre.
T'zin, la, ila
On s'balanc' comm' ça.
Ah! ah! ah! ah!
T'zin la, ila,
L'paradis terrestre.
T'zin, la, ila,

C'est Nanterre oui-dà !

REPRISE ENSEMBLE, avec un léger balancement.

Quand ces fiers pompiers.
Etc. etc.

MANON.

Et maintenant, en place pour le quadrille des Pompiers de Nanterre. — Quadrille. — Rideau.

Septième Tableau

LE BOUDOIR DE M. TOUT-PARIS

Le théâtre représente un élégant boudoir.

DISTRIBUTION DU SEPTIÈME TABLEAU

PÈRE PIERRE	MM. Montrouge.	FLEUR DE GONDE	Miles Marie Montrouge.
HAMLET	Maxnra.	LE PAGE	Lydie.
LIVAROTICUS	Gatinais.	ARTHUR	Marie Jolly.
RICINUS	Léon Null.	LES INUTILES	Deschamps.
CHIC-PÉRIC	Paul Legrand.	LÉONARD	Verveine.
		LE SACRILÈGE	Leclerc.

SCÈNE PREMIÈRE

UN PAGE, PIERRE.

LE PAGE.
Entrez donc, je vous prie, monsieur, nous y sommes...
    PIERRE, saluant à droite et à gauche.
Eh bien ! où est donc le maître du logis ?...
    LE PAGE.
Il va venir, il attend votre visite...
    PIERRE.
Qui donc la lui a apprise ?
    LE PAGE.
M. Méphistophélès du journal : Le Diable à quatre, qui, à l'égal
du solitaire, voit tout, sait tout, et entend tout.
    PIERRE.
Mais vous qui êtes si complaisant, qui êtes-vous donc ?
    LE PAGE.
Moi, monsieur, je suis le page,
    PIERRE.
L'armurier ?
    LE PAGE.
Non.

AIR : *Malbrough.*
Je suis un gentil page,
Mironton, mironton, mirontaine,
Un page, toujours sage.
    PIERRE.
Le page de Malbrough ?
    LE PAGE.
Ça n'est pas ça du tout.
Je n' connais pas Malbrough !
J' suis un pag' qui sait vivre,
Mironton, mironton, mirontaine.
    PIERRE.
J'ouvrirais bien le livre,
Je n'vous l'cach'pas, oui-dà
Où s' trouv'nt ces pages-là !
    LE PAGE.
On n'est pas plus galant ; mais j'y songe, vous êtes donc seul
pour passer votre revue cette année ?
    PIERRE.
Non, mais ne m'en parlez, pas je suis encore tout furieux...
J'ai pris pour commère une petite huître que j'avais sortie
de sa coquille et en route elle m'a lâchée.
    LE PAGE.
Si vous voulez je la remplacerai.
    PIERRE.
Avec plaisir. Ah ! mon Dieu ! l'une ou l'autre, ça m'est
égal, mais comment appelle-t-on le maître de céans ?
    LE PAGE.
Tu vas le savoir, car le voici. M. Tout-Paris.

SCÈNE II

LES MÊMES, TOUT-PARIS, travesti.

TOUT-PARIS, s'annonçant.
Oui, M. Tout-Paris, pour vous servir...
    PIERRE.
Comment vous représentez à vous tout seul...

TOUT-PARIS.
Tout-Paris... je suis partout, aux courses, aux inaugura-
tions, aux cérémonies, aux mariages célèbres, aux premières
représentations.
    LE PAGE.
N'entends-tu pas dire sans cesse : Tout-Paris assistait à
tel ou tel drame !...
    TOUT-PARIS.
C'est moi... je représente ce public élégant et désœuvré
qui veut à toute force ne pas manquer une occasion de se
faire voir :

AIR : *nouveau, de l'Éveillé.*

Je suis ce public,
Mon cher, parfois trop débonnaire,
Ce charmant public
Donnant à tout du chien, du chic,
Mais voilà le hic !
Lorsque l'on vient à me déplaire
J'ai le fatal tic
De me transformer en aspic.
On me fait atroce,
Je suis moins féroce
Qu'ici tu le dis
Et souvent à tort j'applaudis !
Que de tristes pièces
J' pouvais mettre en pièces
A qui, bon enfant,
J'ai fait un succès triomphant !
Un rien me complaît :
Un' biche, un 'géante, une naine,
Un décapité
Dont la tôt' respir' la santé,
Un duel où l'on fait
A Mélingu' tuer dix homm's sans peine,
Prouv'nt que c'est parfait
Et je fais un succès complet !
Mais comme on me joue,
Comme on me bafoue,
Lorsqu'un directeur
Au bénéfice d'un acteur,
Sur sa grande affiche
Bêtement me triche,
Annonçant très-gros
Un tas d'à-propos
Des plus sots !
Lisez les journaux
Annonçant des succès d'ouvrage,
Vous voyez en gros
Partout écrits ces mêmes mots :
« Succès des plus beaux.
» Succès d'argent, succès de rage »
Et chaque bureau
Soir et matin est pris d'assaut !
Le public arrive
Et souvent se prive
D' manger son content
Pour voir ce succès éclatant !
Il fait queue une heure
Pour voire, triste leurre,

Pièces et talents.
Qui, réunis... font... trois cents francs !
Or, ce bon public,
Mon cher, parfois trop débonnaire,
Ce charmant public
Qui donne aux pièces le vrai chic,
Oui, ce vrai public
Lorsque l'on vient à lui déplaire,
Prend un vilain tic
Et crac! se transforme en aspic !

PIERRE.
Alors, vous êtes au courant de tout...

TOUT-PARIS
Je n'ai pas manqué une première représentation...

PIERRE.
Et cette année, avez-vous été satisfait des ouvrages dramatiques qui ont défilé sous vos yeux?...

TOUT-PARIS.
Hélas! non, le bon goût s'en va... La littérature se meurt,
la littérature est morte.

PIERRE.
Ah! pourtant! si la Périchole et Chilperic n'étaient pas des
pièces littéraires, elles ne feraient pas de si belles recettes...

TOUT-PARIS.
Tu es bien comme tous les badauds, tu juges la valeur d'un
ouvrage au nombre des représentations qu'il obtient...

LE PAGE.
Dame!... les pièces littéraires n'ont pas eu de chance...

TOUT-PARIS.
Tu dis cela pour Cadio...

AIR : de l'Anonyme.

La Porte Saint-Martin n'eût pas de veine
En vous offrant ce dram' très-ennuyeux ;
Et cependant son auteur peut sans peine
Revendiquer des succès fort nombreux.

PIERRE.
Le directeur, en donnant cette pièce,
A dû se dir' : Vrai, ça me fait pitié.
Cadio plaira puisque l'on dit sans cesse
Qu' les p'tits cadios entretienn'nt l'amitié.

TOUT-PARIS.
Nous y avons vu aussi Madame de Chamblay.

PIERRE.
Ça n'a pas fait Chamblay complète.

TOUT-PARIS.
La Dame de Montsoreau a fait remonter...

PIERRE.
Quoi ! les bottes de Chicot...

TOUT-PARIS.
Non, les recettes...

PIERRE.
Mais vous avez d'autres pièces à me montrer.

TOUT-PARIS.
Certainement ! Page, appelez.

LE PAGE.
Les Inutiles, le Sacrilége et Léonard.

SCÈNE III

Les Mêmes, LÉONARD, LES INUTILES, LE SACRILÉGE.
CHŒUR.

AIR : Nous sommes, etc.

Nous sommes les théâtres
Et nous venons ici,
Spectateurs idolâtres,
Nous mettre à votr' merci !

LES INUTILES.
Oui, monsieur, je suis là la jeune fille des Inutiles...

PIERRE.
Si vous êtes inutile, que venez-vous faire ici?

LES INUTILES.
L'inutile est quelquefois utile, à preuve que les Inutiles
ont été utiles au théâtre Cluny.

PIERRE.
Alors, vous jouez les inutilités?...

LES INUTILES.
Non, les utilités dans les Inutiles... Si vous aviez vu ma
pièce, monsieur, vous ne vous moqueriez pas de moi... D'a-
bord, il y a la scène de la rose dans le chignon; si vous sa-
viez l'effet qu'elle fait...

PIERRE.
Est-ce qu'elle fait l'effet d'une tulipe?

LES INUTILES.
Non, mais je jette la rose par terre...

PIERRE.
On trouve toujours les roses dans le parterre... à
preuve...

LE SACRILÉGE.
Avez-vous lu le Testament de César Girodot?

PIERRE.
Non, et vous?

LE SACRILÉGE.
Moi, je l'ai vu jouer, puisque ma pièce est identiquement
copiée dessus...

PIERRE.
Comment vous appelez-vous?

LE SACRILÉGE.
Le Sacrilége de l'Ambigu!...

PIERRE.
Ah!... J'ai vu ça... il y a une madone...

LE PAGE.
C'est à la Gaîté, la Madone des roses...

PIERRE.
Ah! oui, je confonds... Dans le Sacrilége il y a une jeune
fille qui se jette par-dessus un pont...

LE PAGE.
Non, c'est dans le Drame de L'Ile Saint-Louis...

PIERRE.
Alors, c'est que je n'ai pas vu la pièce...

LE SACRILÉGE.
Tous mes personnages sont des voleurs, des femmes de
mauvaise vie et des assassins...

PIERRE.
C'est une société choisie... dans les bagnes...

AIR : Allez-vous en gens de la noce.

Aussi je craindrais que la foule
Dans ce dram' ne trouvât tout long.

LE SACRILÉGE.
Du tout, l'intrigue se déroule
Au cabaret comme au salon.
Et Puis soudain la gaîté brille
Jusqu'au moment où nous voyons
D'affreux tombeaux, pleins de frissons...

PIERRE.
L' public, à ces tombeaux d' famille
A tort de fair' des concessions.

LE SACRILÉGE.
Si vous alliez voir mon drame, vous ne seriez pas si gai
que ça...

LÉONARD.
Connaissez-vous Léonard?

PIERRE.
Léopard...?

LÉONARD.
Non, Léonard...

PIERRE.
Ah! Léonard, oui. C'est mon porteur d'eau...

LÉONARD.
Vous êtes un idiot... Léonard, c'est la pièce qui a fait courir tout Paris à la Gaîté...

PIERRE.
Mais je trouve que ça manquait de gaîté...

LÉONARD, très-sombre.
Allons donc... J'arrive au premier acte et je dis :
(Chantant) « Rien n'est sacré pour un sapeur. »
Au second acte, je me précipite sur la cigale en lui criant :
Je t'aime, et :
(Chantant) « C'est dans l' nez qu' ça me chatouille, »
et elle me répond :
« C'est moi qui suis la femme à barbe. »

PIERRE.
Quel galimatias...!

TOUT-PARIS.
Ne vois-tu pas que c'est parce qu'il a une chanteuse célèbre dans son drame qu'il embrouille tout...

PIERRE.
Ah! oui, la diva de la chope, comme on l'appelle !

LE PAGE.
C'est égal, toujours du Léonard ça devient fatigant.

LÉONARD.
Mais ça n'empêche pas que j'ai fait beaucoup d'argent...
et que le public criait : « On y va, madame, on y va ! »
Mais j'ai maintenant la Madone des roses.

TOUT-PARIS.

On espère qu'elle fera un long *séjour* sur l'affiche.

PIERRE.

Allez, mes enfants, après vous il en viendra d'autres, et ainsi de suite, jusqu'à la consommation... des théâtres.

(Les 3 théâtres sortent en reprenant le chœur.)

Nous sommes les théâtres, etc,

SCÈNE IV

PIERRE, LE PAGE, TOUT-PARIS.

TOUT-PARIS.

Maintenant veux-tu venir au boulevard Montmartre voir la *Péricole?*

PIERRE.

La Péri-quoi?

LE PAGE.

Cole... ou chole.

PIERRE.

Pourquoi s'appelle-t-elle comme ça?

TOUT-PARIS.

Je n'en sais rien ; mais son vrai nom c'est... celui que tu choisiras... car...

RONDEAU.

Air : *Rondeau des deux Maitresses.*

N'a-t-elle pas ses titres de noblesse,
Titres brillants donnés par le succès?
N'est-elle pas une *Grande Duchesse?*
Quoiqu'Allemande ell' charme les Français.
Un jour *Paris* vint, l'appelant sa reine,
Et sous le *Pont des Soupirs* la nomma,
Au détriment de tous, *la Belle Hélène!*
Et par un *vent du soir* il l'enleva.
Pour son, mari, je le laisse, *à la porte,*
Et tous deux fil'nt ainsi que *deux pêcheurs.*
Les Dames de la Hall' lui font escorte
En répétant Oyaya ! tous en chœur.
Orphée séduit par sa douce musique,
Sans hésiter l'entraîne dans l'enfer,
En lui faisant, pour calmer sa panique,
Des calembours comme *Orphée ose en fair'* !
Puis *Fortunio* s'en vient sous sa fenêtre
En soupirant ses refrains amoureux,
Ont lui jette deux sous sans le connaître ;
Les deux Aveugles prirent ça pour eux !
Ell' fit la vie, une *Vie Parisienne,*
Puis au *Château de Toto* s'exilant,
De Robinson l'existence fut sienne.
Elle déguerpit avec *Bataclan !*
Là-bas, voyez *Barbe-bleue,* Il s'avance,
Voulant encor' se marier... le brigand !
A qui donnera-t-il la préférence?
Ros' de Saint-Flour ou *Gen'vièv' de Brabant* !
Puis *Croquefer* suivi de ses deux bardes...
J'en passe encore et des mieux réussis.
Sur son succès jacassent les *Bavardes* ;
Mais bast ! elle est au moins à *soixant'-six*
Vous le voyez, ses titres de noblesse
Lui sont acquis par ses nombreux travaux,
Et paysanne ou bien *grande duchesse,*
Elle moissonne et lauriers et bravos !

LE PAGE.

Eh bien ! comment l'appellerons-nous?

PIERRE.

Eh bien ! si vous voulez, nous ne l'appellerons pas.

TOUT-PARIS.

J'en suis d'autant plus enchanté, qu'il faut que je vous quitte pour aller aux courses de La Marche.

PIERRE.

Ne vous gênez donc pas pour moi.

TOUT PARIS.

Air : *du Pince-nez.*

Aux courses je me rends
Pour avoir un des premiers rangs ;
Car à Paris, c'est moi
Qui donne et la mode et la loi.

SCÈNE V

PIERRE, LE PAGE, puis HAMLET.

HAMLET, passant sa tête triste.

Et moi, vous ne m'appelez pas?

PIERRE.

Qu'est-ce que c'est que celui-là?

LE PAGE.

Pardon, je vous avais oublié... Sortez, je vais vous appeler.

HAMLET, ressort.

C'est bien ! j'attends.

LE PAGE.

Hamlet, de l'Opéra.

HAMLET.

To be or not to be, that is the question. Will you give me some bread, English spoken here.

PIERRE.

Comme musique, c'est très-réussi.

HAMLET.

Yès ! J'aurais pu vous le chanter, mais j'ai préféré le débiter à la façon de Macready.

PIERRE.

J'aurais préféré un morceau d'opéra.

HAMLET.

C'est que je vais vous avouer une chose... Je ne suis pas le vrai Hamlet.

PIERRE.

Vous êtes un Hamlet d'occasion.

HAMLET.

Dans mes moments perdus je faisais le décapité du boulevard Montmartre.

PIERRE.

Je me disais aussi : J'ai vu cette tête-la sur une table de ma connaissance.

HAMLET.

Oh ! vous pouvez m'interroger, je répondrai à vos questions... Avant, attendez que je prépare mon truc... (Il tire une toile verte qu'il donne à tenir au page et à Pierrô. Il se met de façon à ce qu'on ne voit que sa tête). Allez, j'y suis.

PIERRE.

Nous allons bien voir si c'est un vrai décapité... (A Hamlet.) Où êtes-vous né ?...

HAMLET, prenant une voix caverneuse.

Trente ans...

LE PAGE.

Quel est votre âge?

HAMLET.

Adolphe.

PIERRE.

Ah! ça, vous répondez tout de travers.

HAMLET, retirant sa toile.

C'est que je vais vous dire, vous avez interverti... l'ordre des questions, ça m'a embrouillé ; venez à l'Opéra, vous entendrez mes chanteurs...

Air : *Je loge au quatrième étage.*

Faur' dans Hamlet triomphe encore,
Aussi le public reconnait
Que c'est de plus faure en plus faure,
Tout comm' jadis chez Nicolet.
Puis aussitôt qu'Ophélia chante,
Chacun écoute à l'unisson ;
Et l'on se tait tant elle enchante,
Pour ne perdr' ni la voix ni l' son.

PIERRE.

Je suis très-heureux d'avoir fait votre connaissance.

HAMLET.

Au revoir ! je retourne à mes petites occupations.

ENSEMBLE.

Nous sommes les théâtres
Et nous venons ici, etc.

LE PAGE.

Maintenant voulez-vous un résumé complet des autres pièces de l'année, j'ai là le petit marchand de programmes qui va vous expédier ça promptement. (Appelant). M. Arthur?

VOIX DANS LA COULISSE.

Voilà! voilà!

PIERRE.

Je connais cette voix-là.

SCÈNE VI

LES MÊMES, ARTHUR, en gamin.

ARTHUR.

Vous m'appelez, bourgeois... Présent !

PIERRE.

Ah ça ! d'où sors-tu ?...

ARTHUR.

Du bal de l'Opéra où je fais fièrement mes affaires, allez !...
Demandez Arthur, surnommé l'œil de lynx ou le caméléon
des théâtres, c'est moi qui ouvre les portières, je ramasse
les bouts de cigares du Grand-Hôtel seulement ; j'achète les
contre-marques, et quand je ne les vends pas, j'en profite.

LE PAGE.

Alors vous devez avoir vu les pièces en vogue ?

ARTHUR.

Je crois bien... et si tu veux les comptes-rendus des
principaux ouvrages de l'année... arrête ton grelot, ouvre
tes quinquets et prête-moi tes tubes... auditifs, j' vas faire
mon lundiste.

AIR : Silence, silence.

Allons, faites silence !
Voilà que ça commence ;
Les gens assis, tant mieux pour eux,
Ceux qui sont d'bout, encor' tant mieux.

AIR : Écoutez gens (Hervé.) Hussard persécuté.

Écoutez, gens très-aimables,
Des théâtres les succès ;
Je veux faire le procès
Des ouvrages détestables,
C'qu'est bon, je l' raconte ici,
C' qu'est mauvais, je l' dis aussi !
Dans ma verve cancanière,
Des Français et d' l'Odéon
Je n' veux pas dir' de mal, non ;
J' n'os' pas démolir Molière !
Conv'nons ici qu' Poquelin
N'était pas tout à fait s'rin !
Puis v'là l' théâtre à surprises.
L'Opéra-Comiqu' n'a pu
Nous donner, c'est bien connu,
Que reprises sur reprises,
Excepté l' Jour de bonheur,
Son premier jour de bonheur.
Il a joué Zampa, Marie,
Puis Marie, après Zampa,
Et chaqu' soir le public n'a
Pu dans cett' cacophonie
Savoir s'il aimait oui-dà,
Mieux Marie ou bien Zampa ?
Le Gymnase, l' Vaudeville,
Déjazet, l' Palais-Royal
Se sont donné beaucoup d' mal
Pour fair' courir tout' la ville.
Ces quatr' théâtres entre eux
Ont de l'esprit comme deux !
L'Ambigu n' fut pas comique
Et Pékin meurt avant l' tems.
Après, on reprend Trente ans,
Drame ambigu, peu comique.
Franchement sans Frédérick
Ça ferait sauver l' public.
Au Lyriqu' le Val d'Andorre
Est un val valant le val
Que l'on servit comm' régal
Salle Favart ; moi j'adore
Ce val d'Andor' jeune encor
Et personn' ce val n'endort !
V'là Saint-Pierr', le p'tit théâtre,
Les Délass'ments, Franconi,
J' dis, moi qui suis franc qu'on n'y
Va pas, sans fort se débattre,
Que d' ces quatr' théâtres on d'vrait
N'en fair' qu'un... qu'on fermerait.
Vous voyez, gens très-aimables,
Les théâtres à succès ;
Je viens de fair' le procès ;
Des ouvrage détestables
C'qu'est bon, je l' raconte ici,
C'qu'est mauvais je l' dis aussi.

LE PAGE.

Tu ne nous parles pas des bals du Cirque.

ARTHUR.

Les bals du Cirque ? Ah ! ils en ont trouvé une bonne ; au
milieu du galop final, ils vont lacher vingt chevaux dans le
bal.

AIR : Un homme pour faire un tableau.

Jugez un peu d'ici l'effet
Tous ces chevaux, qui sans rien dire,
Entrent en fil, ça s'ra parfait
Et les spectateurs vont bien rire.
Tous les costum's s'ront déchirés

PIERRE.

Mais sans être un homm' très-habile
De suit' vous les raccommod'rez
Puisque vous aurez les chevaux d' file !

TOUS DEUX.

C'est gentil, ça !

LE PAGE.

Et les Italiens ?

ARTHUR.

Quant au Italiens, c'est différent.

LE PAGE.

Oui, je sais.

AIR : la Bonne aventure.

Aux Italiens la Patti,
Jamais apathique,
De Verdi, de Rossini
Chante la musique,
C'est un gosier velouté
Et de la difficulté
La Patti, se rit !
O gué,
La patti se rit !

PIERRE.

On en mangerait.

ARTHUR.

Tu l'as dit, bouffi... Et sais-tu pourquoi dans ce même
théâtre Italien, les acteurs sont paresseux

PIERRE.

Parbleu ! parce que c'est le théâtre de l'apathie.

ARTHUR.

Tu n'es pas trop bête.

PIERRE.

C'est mon état...

LE PAGE.

As-tu vu ?

PIERRE

Quoi ! (On entend un coup de cymbale à l'orchestre et un grand
bruit dans les coulisses. Tous sautent ensemble.)

ARTHUR.

Bigre ! c'est lui...

PIERRE.

Qui ! lui...

LE PAGE.

Le terrible... l'invincible, Chil-Péric... dit Chic-Péric.

ARTHUR.

Il va faire des folies...

LE PAGE.

Dramatiques... seulement Chic-Péric ne peut pas venir
dans un boudoir.

PIERRE.

Ça le ferait bouder...

ARTHUR.

Je vais vous envoyer une forêt comme dans les beaux
vallons de l'Hervé-scie. Je vous laisse avec monsieur le Page
Nous nous reverrons. Adieu , vieux.

PIERRE.

Au revoir, gamin.

LE PAGE.

Ça va commencer, assieds-toi pour assister à la parodie de
Chilpéric... (Changement.)

Huitième Tableau

PARODIE DE CHILPÉRIC

UNE FORÊT

SCÈNE PREMIÈRE

PIERRE, LE PAGE, puis LIVAROTICUS.

PIERRE.
J'écoute avec attention. C'est gentil, la décoration est fraîche.

LE PAGE.
Tu dis ça, parce que nous sommes dans une forêt. Silence! voici Livaroticus qui s'avance.

PIERRE.
Tiens, quelle est cette maréchaussée?

LIVAROTICUS.
Il faut vous dire, mon bourgeois, que jadis j'ai été homme d'armes dans la maréchaussée du premier housard persécuté dit : le Fourré des taillis! Ah! c'était le bon temps, car si je suis là, je ne devrais pas y être, puisque...

AIR : *Hussard persécuté.*

REFRAIN.

Je passe ici par hasards,
Je suis un père de famille,
Je mérite quelques égards,
Je tâche de me rendre utile,
J'arrête tous les méchants
Et les gens qui sont malfaisants,
J'rends service aux gouvernements,
Et j'touche...
(Toc toc, geste de Grassot.)
Mes appointements.

Un jour, tout près de la rivière,
Le long du canal Saint-Martin,
J'errais pensif et solitaire,
Quand je vois se noyer un gamin,
N'écoutant que ma grandeur d'âme,
Je me dis : « Sauvons, sauvons ses jours!
Alors, je dégaîne mon sabre,
Et j'fends les flots avec amour.

(Parlé.) Je r'pêche le crapaud, ses parents m'attendaient sur la berge. On se jette à mes pieds, on m'tresse des couronnes, on embrasse mes bottes. « Eh! bien, de quoi? que je leur dis : vous ne me devez rien, puisque...

REPRISE.

Je passe ici par hasards, etc.

Excusez-moi, bourgeois, de vous avoir raconté mes petites affaires, seulement si vous voyez un autre homme d'armes, méfiez-vous car je sais, c'est moi que je suis le père des hommes d'armes (Il sort.)

SCÈNE II

PIERRE, LE PAGE, puis RICINUS.

LE PAGE.
Eh! bien commences-tu à comprendre la pièce?

PIERRE.
Non, mais ça va venir!

LE PAGE.
Silence! voici Ricinus!

RICINUS, Il est en robe de médecin, grandes bottes et costume d'homme d'armes, Il lit dans un livre de médecine et porte un tube en verre.
Purgare, clysterium donare, pilulës, charbonus avalare, toc, toc, toc, toc.

PIERRE.
Monsieur, j'ai bien l'honneur de vous saluer.

RICINUS, toujours égaré.
Je suis savant! très-savant! j'ai inventé une chose extraordinaire. Ainsi, vous prenez des petits pois très-gros, vous les faites sécher au soleil, ils durcissent... Suivez-moi bien!

PIERRE.
Je ne fais que ça.

RICINUS.
Vous comprenez? ils durcissent, vous les mettez dans votre bouche, puis vous prenez votre tube en verre et vous soufflez sur des pierrots. (Il souffle un pois sur Pierre.)

PIERRE.
Que c'est bête, voilà que j'ai l'œil crevé!

RICINUS.
Parfait, parfait, vous avez trouvé avec moi la *Sarbacanus pierrotus!* Ah! tout cela ne vaut pas le temps où j'étais dans la brigade de l'œil crevé dont auquel que voilà une réminiscence. (L'orchestre attaque par un roulement de tambour.)

Ier AIR : *de l'Œil crevé.*

Ce qui fait qu'toujours une armée
N'est pas chose inutile,
C'est qu'on la fait travailler
A prendre tout's sortes de ville
En quadrille!
Brrrou!
Les gens qui sont dans le commerce
Ne comprennent pas tout ça;
Quand ils nous voient avec leur bonne, ça les vexe,
Ils font un pif qu'est long comme ça!
Rataplan, hiban! en avant!
Fa, fa, fa, un roulement!
Brrrou!
Et voilà!

PIERRE.
Est-ce drôle, ces gens-là qui jouent la parodie de Chilpéric, et qui ne chantent que de la musique de l'*Œil crevé,* et du *Hussard persécuté!...*

RICINUS.
Tenez, vous me faites pitié! (Haussant les épaules.) Je ne sais pas pourquoi je cause avec vous.

PIERRE.
Ah! bien! c'est trop fort!... Ce n'est pas moi qui vous ai prié de chanter.

RICINUS.
Chanter? mais je vous chanterai tout ce que vous voudrez... j'ai à mon service plus de *mille airs.*

PIERRE.
Vous êtes bien heureux!

RICINUS.
Maintenant que vous savez qui je suis, si vous voyez un autre homme d'armes dans cette forêt de Bondy, c'est un intrigant, moi, seul, suis le bon, le vrai. Au revoir, je vas au devant du roi Chic-Péric. (Il va pour sortir, il se rencontre avec Livaroticus, ils se font des grimaces et se sauvent, chacun d'un côté différent.)

SCÈNE III

PIERRE, LE PAGE, puis FLEUR DE GONDE.

PIERRE.
Ils ne sont pas bien ensemble!

LE PAGE.
Commences-tu à comprendre la pièce?

PIERRE.
Quelle pièce?

LE PAGE.
Chic-Péric!

PIERRE.
Ça m'est bien égal, la pièce; mais ce qui m'étonne, c'est que dans cette forêt de Bondy, on voie si peu de voleurs et tant de maréchaussées!

LE PAGE. (On entend roucouler dans la coulisse.)
Silence! voici Fleur-de-Gonde!
(Musique à l'orchestre.)

FLEUR-DE-GONDE, entrant.
(Elle est en chemise, avec jupons, une peau de mouton, une couronne de coquelicots très-gros et bluets. Elle a une tartine à la main et mange.
Ah! zut au berger! je l'ai lâché! Ah! y m'embête... j'en ai assez de la soupe aux haricots, et du petit salé aux lentilles... Non la gloire, la richesse, je le sens là, je serai cocotte j'irai habiter Lutèce... Je quitterai Bondy. En attendant, je chasse lepapillon et je cueille la paquerette... Ma nature élégante

et fine, mn le permet. Un gandin s'il vous plaît Oh! la! la!
(En minaudant.) Eh bien! veux-tu te taire, Fleur-de-Gonde?...
Et cependant nous sommes si heureuse sous le règne du bon
Chic-Péric, il n'y a qu'à écouter la légende pour en être cer-
tain.

AIR : *Légende de Chilpéric* (Hervé.)

La nuit, quand tout sommeille,
Sabre en main, Chic-Péric veille,
Et va faire merveille
Dans les détours
Des carrefours!
Du bon bourgeois qu'il guette,
Bientôt il fait sauter la tête.
Mais pour lui, c'est un jeu;
Il faut bien se divertir un peu!
Eh! qui n'a pas de défaut, mon Dieu!
Et puis au jour,
Devant sa cour,
Qui donc, dit-il, a fait ce mauvais tour
Seigneur, c'est toi!
Mais, dit Eloi,
Je le *prenois*
Pour un bonhomme en bois!
Voilà comment
Ce garnement
Mène les choses cavalièrement.
Bête ou joustic
Gare à vous, couic! (Geste de pendre.)
Voilà le chic
De monsieur Chic-Péric!

(Criant.) Bigre! je me suis trompée, j'ai chanté un air de
Chilpéric, et c'est un air de l'*Œil* que je devrais avoir à la
bouche. Après ça, c'est du même auteur... (Elle attrape des
mouches.)

PIERRE.

Elle est très-bien, cette bergère, peu vêtue, mais très-
bien!

LE PAGE.

C'est le costume de l'époque!

PIERRE.

Ah! il y a loin de là aux robes à queue. Mais ça viendra.
(On entend une fanfare de chasse.)

FLEUR-DE-GONDE.

On a sonné. Qui est là? Ce doit être un cor de chasse.
(Regardant dans la coulisse.) Ah! qu'il est beau je le pressens-là,
c'est mon gandin, il est pourri de chic, serait-ce le Roi? Oui,
sa suite me l'indique. Cachons-nous, il pourrait me voir!
(Elle se cache. Fanfares.)

SCÈNE IV

PIERRE, LE PAGE, FLEUR-DE-GONDE, cachés. CHIC-
PÉRIC à cheval, RICINUS et LIVAROTICUS

RICINUS, entrant.

Messieurs, le roi.

Chic-Péric sur un cheval de carton, caracole à son entrée et vient se placer
au milieu du théâtre, musique étourdissante à l'orchestre. Il porte un
étendard sur lequel sont inscrits : le hussard persécuté, la fine fleur de l'An-
dalousie, la Perle d'Alsace, la belle Espagnole, l'Œil crevé, les Gardes-
Françaises, le Compositeur toqué, le Drame en 15,000. (Minaat.) Paroles
et musique de moi! jouées par moi, chantées par moi, le poète rigolo. O
Eschyle! o Sophocle! vous pouvez vous fouiller. (On chante le grand air
de la langouste-Atmosphérique, dont on n'entend que la fin des mots. Lorsque c'est fini, Chic-Péric tire un grand mouchoir, s'essuie, donne sa bannière à tenir à Ricinus, il indique qu'il veut parler, mais il est trop en-
roué. Il a un cache-nez autour du cou.

CHŒUR.

AIR : *de la Langouste.*

..........authentique
..........magnifique,
..........royal
..........cheval.

(Le chœur se chante deux fois. Chic-Péric exprime qu'il est obligé de chanter
malgré son extinction de voix.)

RICINUS.

Jamais votre voix ne fut plus fraîche.
(Chic-Péric le remercie en lui serrant la main.)

LIVAROTICUS.

Le registre en est volumineux et fort timbré.

TOUS, saluant.

Oui, grand roi, vous êtes timbré!

FLEUR-DE-GONDE, apparaissant.

On vous trompe, mon petit Chic-Chic. Croyez en celle qui
vous aime et que vous ne connaissez pas.
(Chic-Péric demande qui est-tu? et où demeures-tu?)

FLEUR-DE-GONDE.

Je suis Fleur-de-Gonde, la bergère d'en face, pour vous
servir.

(Chic-Péric lui demande si elle veut venir avec lui.)

FLEUR-DE-GONDE.

Si je veux venir avec vous? mais je n'étais au carrefour de
la forêt de Bondy que pour cela, vous voyez, j'avais même
fait un peu de toilette, pour vous recevoir!
(Chic-Péric, tu es ambitieuse!)

FLEUR-DE-GONDE.

Si je la suis? non c'est toi, je suis recherchée dans ma
mise, voilà tout!

AIR : *d'Hervé.*

Je veux, pour être belle!
Je veux une robe en lasting,
Des bijoux, d'la dentelle!
Et des bottin's en zinc!

TOUS, reprenant.

Ell' veut pour être belle
Ell'veut, cette robe en lasting,
Des bijoux, d'la dentelle!
Et des bottin's en zinc!

(Chic-Péric, tu auras tout cela, viens dans mon palais!)

FLEUR-DE-GONDE.

J'aurais tout ça! c'est de la veine! me voilà reine.. de la
main gauche!

Chic-Péric fait comprendre qu'il pleut et ordonne qu'on distribue les parapluies.

TOUS.

Il pleut! archand d' parapluies!..

PIERRE.

C'est charmant cette musique de *Chilpéric*.

LE PAGE.

Seulement, c'est encore du *Hussard persécuté* et de l'*Œil-
Crevé*! (Changement.)

Neuvième Tableau

LE PALAIS DE CHIC-PÉRIC

SCÈNE PREMIÈRE

PIERRE, LE PAGE, RICINUS.

PIERRE.

Il est très-joli, ce palais!... Ah! j'ai assez vu de ce côté;
veux-tu changer de place?

LE PAGE.

Je veux bien, voilà Ricinus!

RICINUS, fort triste, en médecin, mais en bottes de gendarme. Il
s'avance vers le compère.

Ça va mal, ça va mal! Il y a eu des potins de faits par
Singevert, le frère de monsieur.

PIERRE.

De monsieur qui?

RICINUS.

Eh bien! du roi Chic-Péric! Il paraît que son frère
Singevert, avec sa femme, madame Pruneau, avaient arrangé
un petit mariage avec les Balsuinthe!

PIERRE.

Les Balsuinthe? Qu'est-ce que c'est que cette famille-là?

RICINUS.

C'est une famille qui a fait sa fortune dans les blancs
d'Espagne, et puis, il paraîtrait que le frère de Balsuinthe,
monsieur Vergoso aurait écrit en sous main à Fleur-de-Gonde
qui n'entendrait pas de cette oreille-là, de sorte que Livaroticus le grand Légendaire est maintenant le fac ton-ton
du Roi. J'y perdrai ma place de grand Clysotier du palais,
et ça ne me va pas.

PIERRE.

Mais permettez!

LE PAGE.

Comprends-tu la pièce?

PIERRE.

C'est-à-dire que je commençais, mais depuis qu'il m'a donné des explications, je n'y comprends plus rien!

RICINUS.

Tant mieux, vous y êtes, avec un peu de musique, ça vous étourdira complétement et vous comprendrez encore bien moins. Mais voici Livaroticus, le grand Légendaire, je ne peux pas le voir en face. A bientôt, je vais réveiller monseigneur. Ça va mal, ça va mal, il y a eu des potins de faits. (Il sort.)

SCÈNE II

PIERRE, LE PAGE, puis LIVAROTICUS.

PIERRE.

Il me fait l'effet d'une vieille portière, ce médecin!

LIVAROTICUS, en grand Légendaire, entrant très-gai, se frottant les mains.

Ça va bien, ça va bien! je viens de compter le linge avec madame Dupuis, la blanchisseuse, il nous manque trois chemises de toile fine à jour et une cornette à madame, mais madame dit qu'elle en a assez!

PIERRE.

Alors, vous êtes content?

LIVAROTICUS.

Oh! très-content, j'ai vendu mon petit fond de druide, j'ai gagné quelques sols parisis comme grand Légendaire, madame Dupuis et moi, nous faisons danser l'anse, je crois même que je l'épouserai.

PIERRE.

Qui ça, l'anse!

LIVAROTICUS.

Non, madame Dupuis, la blanchisseuse.

PIERRE.

Quelle drôle de cour, il n'y a que les employés qui soient contents!

LIVAROTICUS.

Silence!... voilà monsieur qui se rend chez ses pages pour sa toilette. Il va y avoir du grabuge sur le coup de 11 heures 1/4 du matin. Ça va bien! ça va bien! (Il se cache.) Chic-Péric entre, tenant une paire de bottes à la main et un pot de pommade très-grand, sur lequel est écrit : Cambouis des Indes pour entretenir la fraîcheur de la peau. Il exprime que ça ne va pas avec Fleur-de-Gonde, et qu'il faut que ça finisse, il va avoir une explication avec elle; il sort l'air très décidé à être rigoureux.

LIVAROTICUS, regardant.

Il va chez madame, je ne le perds pas de vue.

SCÈNE III

PIERRE, et le PAGE.

PIERRE.

Il est toujours content celui-là!

LE PAGE.

Comprends-tu la pièce?

PIERRE.

Bien peu, et cependant... (On entend une très-grande dispute dans la coulisse.)

SCÈNE IV

PIERRE, LE PAGE, CHIC-PÉRIC, puis FLEUR-DE-GONDE
et LIVAROTICUS.

Chic-Péric à l'œil poché et cinq doigts marqués sur la figure, il entre très-effaré, il indique qu'il vient d'avoir une scène terrible avec Fleur-de-Gonde. Il déroule un grand parchemin, portant le sceau de l'État il y a écrit :

Je ne suis pas un rien du tout, j'ai déposé, pour Fleur-de-Gonde, 4500 livres tournois de rente, chez mon notaire, et je paie son loyer!

CHIC-PÉRIC, regarde le compère et lui demande son approbation.

PIERRE.

Vous êtes dans le vrai... ne faites pas plus, c'est convenable!

CHIC-PÉRIC, lui serre la main et le remercie. On entend Fleur-de-Gonde dans la coulisse.

Viens, Livaroticus, nous le repincerons.

PIERRE.

Allons, bien, il va y avoir du bruit dans Landerneau!

LE PAGE.

Ne te mêle pas de ça!

FLEUR-DE-GONDE, rentre, suivie de Livaroticus, qui porte des objets de ménage, batterie de cuisine, etc. Elle a un crochet de commissionnaire sur le dos, sur ce crochet, un matelas, un balai, un tuyau de poêle. Elle tient à la main une cage avec un serin, de l'autre un carton à chapeau dans lequel, il y a des accessoires. Elle a une camisole coquette et un foulard rouge sur la tête, une couronne par-dessus, jupon du matin.

Ah! le voilà, Chic-Chic, nous allons avoir un instant d'entretien, c'est le quart d'heure de Remblais.

RICINUS, s'approchant de Chic-Péric.

Soyez tranquille, maître, mais voyez où conduisent les potins; ce sera votre perte!

CHIC-PÉRIC, le remercie en lui serrant la main, il lui remet le parchemin.

LIVAROTICUS, pendant ce temps cause avec Fleur-de-Gonde.

Soyez ferme, ne mollissez pas, et tâchez d'obtenir le chauffage?

FLEUR-DE-GONDE.

Sois tranquille, j'aurais aussi le sucre et le savon.

LIVAROTICUS.

N'oubliez pas, madame, que c'est un opéra!

FLEUR-DE-GONDE.

Sois calme, je sais ce que je vais lui chanter.

Air : *Du duo de la dispute de Chilpéric.*

O ciel! que vient-on de m'apprendre?
Dis-moi qu'on a dû se méprendre,
Une telle lâcheté, serait de la férocité.
Arthur, romps le silence!
Prends pitié de ma souffrance,
Veux-tu répondre s'il te plaît?
T'aurait-on coupé le sifflet,
Et puis une autre, Ah! ce serait infâme!

S'interrompant.

Eh! quoi rien, tu ne réponds rien? alors à moi Livaroticus! (On passe les objets en chantant, on danse, puis Fleur-de-Gonde prend le balai et menace Chic-Péric.) Tu ne veux me faire que 1,500 livres de rente, alors, adieu pour toujours!

Air : *d'Hervé.*

Non! je ne veux, ma foi!
Rien garder de toi!
J'emportais tout ça malgré moi!
Pour en faire
L'inventaire,
Reprends subito
Chaque bib'lot.

Remettant successivement à Chilpéric les accessoires groupés sur ses crochets, soit : une poêle à frire, une cage et son serin, une bassinoire, une botte à seringue et enfin, un oreiller; tous objets que les autres personnages se passent de main en main.

Prends d'abord sans rire
Cette poêle à frire
Goujon, pomme et salsifi,
Puis la cage
De voyage
De p'tit
Fifi!
Reprends sans plus d'histoire,
D'but en blanc.
Ta vieille bassinoire
De fer-blanc...
R'prends cette étroite
Boîte
Pour ton us...
Compris l'instrument qu'exploite

Ricinus.

R'prends enfin, je m' résume,
L'oreiller
Qui nous vit sur sa plume
Peu sommeiller.
Je viens de te rendre tes objets,
Ceci te doit indiquer désormais
Que je ne veux plus vivre à tes crochets.

(Montrant ses crochets vides.)

Tiens!
Je n'ai plus rien sur les miens!

Air : *C'est bien fait.*

Adieu donc! Oh! Chic-péric!

TOUS.

Chic-péric!

FLEUR-DE-GONDE,
Je te punis de ton tic !
TOUS.
De ton tic !
FLEUR-DE-GONDE.
Te r'pincer, voilà le hic !
TOUS.
C'est le hic !
FLEUR-DE-GONDE.
Pour t'agonir en public.
TOUS.
En public.
Ils se remettent tous à danser et sortent. Après la sortie de Chic-Péric,
Fleur-de-Gonde, Livaroticus et Ricinus; la musique continue.

PIERRE, ne tenant pas en place et comme s'il dansait.
Mais quelle drôle de cour ! quelle drôle de cour !... ils
sont donc tous fous là-dedans !
LE PAGE.
Tu as compris la pièce enfin !...
PIERRE.
Pas un seul mot... mais comment diable qu'elle peut finir
cette pièce-là !
LE PAGE.
Elle ne finit pas... seulement quand l'heure est venue et
que l'auteur n'a plus rien d'insensé à dire, on entend un
chant gaulois qui fait arriver tout le monde en scène; on
chante en chœur, et c'est fini !
PIERRE.
Ah ! bien, ça n'est pas malin. (Tirant sa montre.) Mais j'y
songe, comme il est déjà tard, si nous faisions comme eux ?
LE PAGE.
Ma foi ! il n'y a pas de raison pour que ça ne nous réussisse
pas aussi bien qu'aux autres.
PIERRE.
Seulement, moi, je tiens aux vieilles habitudes; et nous
allons finir la revue par le décor et les couplets de tradition.
LE PAGE.
Soit ! (Il fait un geste, le décor change et représente le royaume des
couplets. Changement.)

Dixième Tableau

LA GROTTE DES COUPLETS

CHŒUR.

AIR : de L'Éveillé.

A la barque ! (trois fois.)
Qu'on chante et que l'on débarque
Des couplets,
Gais et bien faits
Accueillez-les
Ils sont tous frais !
L'ECAILLÈRE.
Dans notre siècle de bravades
Les jeun's gens font les énervés,
Et quoiqu'ils ne soient pas malades
Ils veul'nt passer pour des crevés !
A la Barque ! (3 fois.) etc.
LE FEUILLETON.
Le vin, c'est chose assez bizarre,
Sera très-bon marché pour tous.
Mais au moins si l'argent est rare
Nous ne manquerons pas de sous.
A la barque ! ect.
PIERRE.
Il est un couplet assez drôle
Qu'on chante dans les r'vues tous les ans,
C'est celui qui n'a pas de rime.
Il fait toujours beaucoup d'effet.
A la barque ! etc...

LE SACRILÉGE.
Pour les costumes des femmes, je pense
Qu'un jour nous serons mitraillés,
Car ces costumes pleins d'élégance
Sont comme les canons... rayés !
A la Barque ! (3 fois.) etc.

LES INUTILES.
Des Invalid's, nul ne l'ignore,
On r'dor' le dôme en ce moment !
Je n' demand' pas que l'on me r'dore,
Je m' content'rai d' beaucoup d'argent.
A la barque ! etc...

UNE FEMME LIBRE.
Lequel vous paraît le plus bête ?
Du chien ou de l'homme ici-bas.
L'homm' fait boulette sur boulette.
Le chien en mange et n'en fait pas.
A la Barque ! etc.

RICINUS.
On sculpte on dore, et l'on azure,
Les colonnes des Boulevards.
Est-ce de la pis-ciculture,
Que l'on f'rait là dedans par hasard ?
A la Barque ! Etc.

HAMLET.
De la bourse quell' bonne aubaine !
On va démolir l'escalier.
Afin qu'l'boursier dans la peine
Ne puisse plus lever le pied !
A la Barque ! Etc.

TOUT-PARIS.
Pour les vrais chasseurs quelle fête,
Quand l'ouvertur' s'fait loin de Paris
Mais quand on chass' la grosse bête
Que d'époux restent au logis !
A la Barque ! Etc !

LE PAGE.
J'ai rêvé que la Périchole.
Se mariait avec Chilpéric.
Leurs noms mêlés faisaient c'est drôle.
Chilpérichole et Périchic.
A la Barque ! Etc, etc.

LIVAROTICUS.
On dit qu'dans le soleil se dessine
Un grand nombr' de tach's, mais s'il faut
Aller lui porter d'la benzine.
Je n'me charg' pas d'monter là-haut !
A la Barque. Etc, etc.

FLEUR-DE-GONDE.
Rapp'lez-vous le vers de Voltaire,
Un bon soldat se pass'd'aïeux !
Pour les gigots c'est tout l'contraire,
Ils ont toujours besoin d'ail... eux !
A la Barque, Etc, etc.

ARTHUR.
La crinoline se méprise,
Ell' se portait antérieur'ment.
Et maintenant quoiqu'on en dise,
Ell' se porte postérieur'ment.
A la barque ! Etc, etc.

PIERRE, au public.
Messieurs, comme propriétaire,
Vous m'avez longtemps protégé ;
Phissé-je, simple locataire,
Ne pas recevoir mon congé !
A la Barque, Etc, etc.
Rideau.

FIN

POISSY. — TYP. ARBIEU LEJAY ET CIE

EN VENTE A LA MÊME LIBRAIRIE

BIBLIOTHÈQUE POPULAIRE
ILLUSTRÉE
DU THÉATRE MODERNE

Format grand in-4° sur deux colonnes. — Chaque pièce 50 cent.

Les Amours d'été, folie-vaudeville en 5 actes, par MM. A. POLO et F. VOISIN.

Les Calicots, vaudeville en 3 actes, par MM. HENRI THIÉRY, et PAUL AVENEL.

En ballon, revue en 3 actes et 14 tableaux, par MM. CLAIRVILLE et J. DORNAY.

La Jeunesse du roi Henri, drame historique en 5 actes et 7 tableaux, de M. le vicomte PONSON DU TERRAIL.

Joli Jobard, ou l'art d'aimer en 1865, pièce en 5 actes, précédée d'un prologue, par HENRY THIÉRY.

Lâche tout! revue en 3 actes et 15 tableaux, par MM. ERNEST BLUM et A. FLAN.

Léonard, drame en 5 actes et 7 tableaux, par MM. ED. BRISEBARRE et EUGÈNE NUS.

L'Ouvrière de Londres, drame en 5 actes, par M. HIPPOLYTE HOSTEIN.

Les Orphéonistes en voyage, pièce en 5 actes et 10 tableaux, par MM. ALFRED DURU et HENRI CHIVOT.

Les Supplices des Femmes, revue fantaisiste en 3 actes et 6 tableaux, par MM. A. DE JALLAIS et VICTOR KONING.

Le Zouave de la garde, drame en 5 actes et 7 tableaux, par MM. MOREAU et J. DORNAY.

Le Fils aux deux mères, drame en 5 actes dont un prologue, par MM. HENRI DE KOCK et LÉON DE MARANÇOUR.

Que c'est comme un Bouquet de Fleurs! revue en 3 trois actes et 12 tableaux, de MM. HENRI THIÉRY et JULES RENARD.

Les Parisiens à Londres, fantaisie à grand spectacle en 5 actes et 18 tableaux, par M. CLAIRVILLE.

Les Voyageurs pour l'Exposition! revue fantaisie en 5 actes et 6 tableaux, par MM. HENRI THIÉRY et W. BUSNACH.

La Bonne aventure, ô Gue! Revue de l'année 1867 en 3 actes et 8 tableaux, par M. AMÉDÉE DE JALLAIS.

Pan! dans l'œil! Dîner de fin d'année, revue en 5 actes et 8 tableaux, par MM. JULES DORNAY et GASTON MAROT.

Le Vengeur, drame national et maritime, en 5 actes et 10 tableaux, par ÉDOUARD BRISEBARRE et ERNEST BLUM.

Les Plaisirs du Dimanche, pièce en 4 actes, par MM. HENRI THIÉRY ET PAUL AVENEL.

Les Rôdeurs de Barrières, drame en 5 actes et 6 tableaux, par MM. HENRI AÜCU et ALFRED SIRVIN.

Le comte d'Essex, drame historique en 5 actes, par F. COUTURIER.

Chilpéric, opéra-bouffe en 3 actes et 4 tableaux, par M. HERVÉ.

CHAQUE PIÈCE EST ORNÉE D'UNE JOLIE VIGNETTE.

POISSY. — TYP. ARBIEU, LEJAY ET CIE

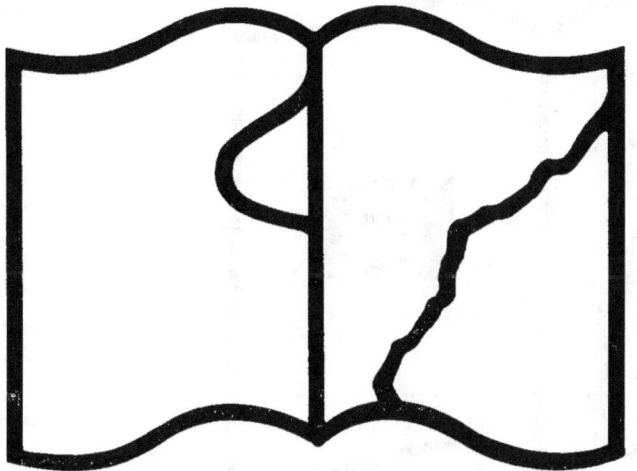

Texte détérioré — reliure défectueuse

NF Z 43-120-11

Contraste insuffisant

NF Z 43-120-14

www.ingramcontent.com/pod-product-compliance
Lightning Source LLC
Chambersburg PA
CBHW060837180626
46818CB00004B/1484